崇文館

U0891456

崇文国学经典普及文库

CHONGWEN GUOXUE JINGDIAN PUJI WENKU

# 婉约词

张燕 注评

长江出版传媒 | 崇文书局

图书在版编目（CIP）数据
婉约词 / 张燕注评.—2版.
—武汉：崇文书局，2015.6 (2017.5重印)
（崇文国学经典普及文库）
ISBN 978-7-5403-3923-4

Ⅰ.①婉… Ⅱ.①张… Ⅲ.①婉约派–词（文学）–作品集
–中国–古代 Ⅳ.①I222.82

中国版本图书馆 CIP 数据核字（2015）第 111046 号



長江出版傳媒 Changjiang Publishing & Media | 崇文书局 Chongwen Publishing House
出品人:潘启胜

※

统　　筹：陈中琼
责任编辑：陈中琼　胡　娟
出版发行：武汉市雄楚大街 268 号 · 湖北出版文化城主楼 C 座 11 层
营销：027-87293001　传真：027-87679712
印　　刷：咸宁市国宾印务有限公司
开　　本：710 × 1000　1/16
印　　张：13.5　　字　　数：150 千字
版　　次：2015 年 6 月第 2 版
印　　次：2017 年 5 月第 5 次印刷
定　　价：24.80 元

现代意义的“国学”概念，是在19世纪西学东渐的背景下，为了保存和弘扬中国优秀传统文化而提出来的。1935年，王缁尘在世界书局出版了《国学讲话》一书，第3页有这样一段说明：“庚子义和团一役以后，西洋势力益膨胀于中国，士人之研究西学者日益众，翻译西书者亦日益多，而哲学、伦理、政治诸说，皆异于旧有之学术。于是概称此种书籍曰‘新学’，而称固有之学术曰‘旧学’矣。另一方面，不屑以旧学之名称我固有之学术，于是有发行杂志，名之曰《国粹学报》，以与西来之学术相抗。‘国粹’之名随之而起。继则有识之士，以为中国固有之学术，未必尽为精粹也，于是将‘保存国粹’之称，改为‘整理国故’，研究此项学术者称为‘国故学’……”从“旧学”到“国故学”，再到“国学”，名称的改变意味着褒贬的不同，反映出身处内忧外患之中的近代诸多有识之士对中国优秀传统文化失落的忧思和希望民族振兴的宏大志愿。

从学术的角度看，国学的文献载体是经、史、子、集。崇文书局的这一套国学经典普及文库，就是从传统的经、史、子、集中精选出来的。属于经部的，如《诗经》《论语》《孟子》《周易》《大学》《中庸》《左传》；属于史部的，如《战国策》《史记》《三国志》《贞观政要》《资治通鉴》；属于子部的，如《道德经》《庄子》《孙子兵法》《鬼谷子》《世说新语》《颜氏家训》《容斋随笔》《本草纲目》《阅微草堂笔记》；属于集部的，如《楚辞》《唐诗三百首》《豪放词》《婉约词》《宋词三百首》《千家诗》《元曲三百首》《随园诗话》。这套书内容丰富，而分量适中。一个希望对中国优秀传统文化有所了解的人，读了这些书，一般说来，犯常识性错误的可能性就很小了。

崇文书局之所以出版这套国学经典普及文库，不只是为了普及国学常识，更重要的目的是，希望有助于国民素质的提高。在国学教育中，有一种倾向需要警惕，即把中国优秀的传统文化“博物馆化”。“博物馆化”是20世纪中叶美国学者列文森在《儒教中国及其现代命运》中提出的一个术语。列文森认为，中国传统文化在很多方面已经被博物馆化了。虽然中国传统的经典依然有人阅读，但这已不属于他们了。“不属于他们”的意思是说，这些东西没有生命力，在社会上没有起到提升我们生活品格的作用。很多人阅读古代经典，就像参观埃及文物一样。考古发掘出来的珍贵文物，和我们的生命没有多大的关系，和我们的生活没有多大关系，这就叫作博物馆化。“博物馆化”的国学经典是没有现实生命力的。要让国学经典恢复生命力，有效的方法是使之成为生活的一部分。崇文书局之所以强调普及，深意在此，期待读者在阅读这些经典时，努力用经典来指导自己的内外生活，努力做一个有高尚的人格境界的人。

国学经典的普及，既是当下国民教育的需要，也是中华民族健康发展的需要。章太炎曾指出，了解本民族文化的过程就是一个接受爱国主义教育的过程："仆以为民族主义如稼穑然，要以史籍所载人物制度、地理风俗之类为之灌溉，则蔚然以兴矣。不然，徒知主义之可贵，而不知民族之可爱，吾恐其渐就萎黄也。"(《答铁铮》)优秀的传统文化中，那些与维护民族的生存、发展和社会进步密切相关的思想、感情，构成了一个民族的核心价值观。我们经常表彰"中国的脊梁"，一个毋庸置疑的事实是，近代以前，"中国的脊梁"都是在传统的国学经典的熏陶下成长起来的。所以，读崇文书局的这一套国学经典普及读本，虽然不必正襟危坐，也不必总是花大块的时间，更不必像备考那样一字一句锱铢必较，但保持一种敬重的心态是完全必要的。

期待读者诸君喜欢这套书，期待读者诸君与这套书成为形影相随的朋友。

陈文新

（教育部长江学者特聘教授，武汉大学杰出教授）

# 前言

词是中华文学的瑰宝，也是极美的艺术形式。在我刚开始接触它的时候，就被它独特而深厚的魅力所感动。而一本好的词的选本，应该不仅作检索的工具书，更可以是闲时翻看、遣怀娱兴的文学作品集。

词从晚唐“花间派”始，一直走的是婉约的路子，并不断涌现出各具特色的大家。在诗、文正统的古代，词作为“诗余”“小道”，不仅在内容上多涉及前者所不入的题材，例如个人情感、闺阁代言以及对自然景致的描写等，其实在情绪上也是对诗、文的自然补充。故它内在的情绪往往深婉曲折、一唱三叹，与作者的诗、文作品形成鲜明的对比。宋代有“文坛领袖”之称的欧阳修，其词就异常地缠绵委婉，诗、文却是一派宏大气象，便是一例。直到苏轼等人，以非凡才力开豪放一路，从此“无一不可入词”，在情感和内容上，都大大突破了前人。但总的来说，婉约仍实为词之大宗。这不仅因为婉约词有着众多的特色鲜明的名家名作，如南唐李煜之《虞美人》、北宋柳永之《雨霖铃》、南宋李清照之《一剪梅》等等，都是中国古代文学史上的传世佳品，即使千年之后读来，仍有绕梁三日、余香满口之感。同时，

也因为历来豪放词公认的代表人物如苏轼、辛弃疾、陈亮等，词集中亦不乏清婉深丽、情致含蓄之作，像苏轼之“十年生死两茫茫”、辛弃疾之“更能消几番风雨”，脍炙人口的程度不在其豪放佳作之下。而众多婉约的词作，除了情绪上比较委婉，内容上“不谈国事”“只关风月”之外，在形式上也有着继承的关系，如柳三变之开铺陈一路、苏轼对词境的扩大，以及李清照的“状似白描”等，都使他们之后的婉约词作有了一个新的起点，从而名家迭现，佳作纷呈。

这本小集总的宗旨是适合青少年翻阅，既可以作他们案头的工具书，更可以作他们感知古代文学魅力的初级读物。故基本上选的是名家名作，但以流畅清新之作为主，而例如周邦彦等虽为名家，其作品却过于精深，只能少选。才力所囿，此集难免有不足之处。好在选编的过程还是很用心的，希望它能达到我的希望，能对每一位读者有所帮助。

是为前言。

contents

# 目录

# 目录

# 目录

# 李　白

李白(701—762),字太白,号青莲居士,自称祖籍陇西成纪(今甘肃秦安),生于碎叶城(今吉尔吉斯斯坦托克马克城附近)。幼年随父迁居绵州昌隆(今四川江油)青莲乡。约二十五岁时开始漫游全国,好行侠。天宝初曾因贺知章等推荐供奉翰林,但不久即遭谗去职。天宝三年,在洛阳与杜甫结交。安史之乱中参加永王李璘幕府,璘败被累,流放夜郎,途中遇赦。晚年漂泊东南一带,困苦辗转,病殁当涂。

李白性格豪迈,向往建功立业,热爱大好河川,蔑视世俗权贵,同情人民疾苦。他从民间文学中吸取了浪漫、质朴等艺术特色,并加以融会、发展,其(诗歌)作品想象奇特丰富,风格雄健飘逸,语言清新流转,色调绚烂瑰丽,极具个人特色和浪漫主义色彩,被誉为"诗仙"。现存诗九百多首。《菩萨蛮》《忆秦娥》二词,不见录于唐代书籍,北宋始传为李白所作,南宋黄昇曾编之入《唐宋诸贤绝妙词选》,称为"百代词曲之祖",但后人颇有怀疑,认为可能是晚唐或宋初人所作,嫁名李白。考虑到词所成的年代,这两首词的艺术水平应该说还是很高的。

## 菩萨蛮

平林[①]漠漠[②]烟如织,寒山一带伤心碧[③]。
暝色[④]入高楼,有人楼上愁。

玉阶[5]空伫立，宿鸟归飞急。何处是归程，长亭更短亭[6]。

【注释】

①平林：平原上的树林。

②漠漠：烟雾迷蒙的样子。

③伤心碧：让人伤心的绿色。

④暝色：夜色。

⑤玉阶：阶梯的美称。

⑥长亭更短亭：庾信《哀江南赋》中云："十里五里，长亭短亭。""长亭""短亭"指路边供行人休息的处所。

【内容赏析】

这是篇描写外出的旅人思念家乡的词作。古时人们往往因为读书、应试、谋生、避难等各种原因远离家乡，一去就是许多年，且无法还乡，其艰难困苦并非今人的游山玩水可比。所以在古代的文学作品中有很大一部分表现思乡之情的作品。

上片写有一人(旅人)满怀愁思地独立于高楼之上，已是黄昏时分，"他"极力朝远处眺望，能看到的却只有天际朦胧的雾霭和雾中若隐若现的青翠的树林。这一片碧绿色之所以会惹人伤心(即词中的"伤心碧")，正是因为它让人望不到家乡啊！

下片首句，写的是"他"的所想：此时家中的亲人也许正呆呆地站立在楼梯上，盼望着自己的身影在视野中出现吧。这种想法不觉加重了"他"的愁思。"宿鸟"一句，则是写"他"的所见：外出觅食的鸟儿正急急地飞回巢。连鸟儿也回家了，自己却不能回去，于是便更为伤心。

这种“借景入情”的方法，是中国诗词中常用的手法。“长亭更短亭”的意思，是说主人公向家乡的方向望去，只看到长亭与短亭几里一隔，连绵无尽，这就是回家的路啊，可是却那么遥远！不由得让人再徒添一声叹息。

此词艺术手法颇为精致，婉转深刻地刻画了旅人思乡情切和不得归还的苦闷心态，是此类题材在词这一体裁中较早得到表现的作品。

## 忆秦娥

**箫声咽，秦娥梦断秦楼月[①]。秦楼月，**
**年年柳色，灞陵[②]伤别。**
**乐游原[③]上清秋节，咸阳古道音尘绝[④]。**
**音尘绝，西风残照，汉家陵阙[⑤]。**

**【注释】**

①“箫声咽”二句：《列仙传》上说秦穆公女儿弄玉和善吹箫的萧史结合，后来箫声引来了凤凰，两人在凤凰台上乘凤而去。秦娥：泛指京城的美女。梦断：梦被凄凉的箫声打断。

②灞陵：在今陕西西安，有汉文帝陵墓。附近灞桥，为长安人送别之所。

③乐游原：在今西安市南，为唐时的游览胜地。

④“咸阳”句：指没有西行的爱人的消息。

⑤汉家陵阙：汉代皇帝的陵墓都在长安四周。

**【内容赏析】**

此词上片写女子在秋夜思念远人之情，下片则在伤今之中掺入怀古之深意，遂使它不同于一般纯粹的思人之作。

上片中，一段凄凉的箫声在深夜惊破了无数好梦，“箫声”于是成了上片的隐形线索，让醒来的女子不自觉地想起了那个关于萧史和弄玉的传说，也想起了在远方的亲人，曾经在灞陵边为他折柳送别，自那以后，自己便不知度过了多少孤独的夜晚。“柳”，音似“留”，折柳相送，也就是婉转地表达希望对方留下的意思。

下片写“她”在秋天登上高高的乐游原。“咸阳古道”，是京城往西北的必经之地，“音尘绝”，也就是说往西北去的亲人始终没有音讯来。“西风”，就是秋风。此二句写的虽是人目所见，但情绪深沉，意象的选择更是自然而然地透出沧桑之感。故王国维《人间词话》评此词说：“太白纯以气象胜。‘西风残照，汉家陵阙’，寥寥八字，遂关千古登临之口。”

# 张志和

张志和(732—774),字子同,婺州金华(今浙江金华)人。唐肃宗时待诏翰林,贬南浦尉。后隐居江湖间,自号烟波钓徒。善歌词,能书画、击鼓、吹笛。作品多描写闲散的隐逸生活。著《玄真子》,亦以玄真子自号。今存《渔父》五首,写季节景物,自然生动。《新唐书》上说他“每垂钓,不设饵,志不在鱼也”。

## 渔 父

西塞山①前白鹭飞,桃花流水鳜鱼②肥。
青箬笠,绿蓑衣③,斜风细雨不须归。

**【注释】**

①西塞山:在今浙江。
②鳜鱼:即桂鱼,肉鲜美,为江南名产之一。
③“箬笠”、“蓑衣”:用竹、草等编的帽子、衣服,是渔夫的通常打扮。

**【内容赏析】**

此词写渔家生活,颇为清新可爱。“斜风细雨不须归”,隐隐透露的是自在无拘的生活之道。刘熙载的《艺概》更说此词“风流千古”。

# 白居易

白居易(772—846),字乐天,原籍太原(今山西太原西南),后迁居为下邽(今陕西渭南)人。贞元进士,授秘书省校书郎。后曾因上书进言贬为江州司马,也曾出任杭州、苏州刺史,官终刑部尚书。晚年时居洛阳履道里,疏沼种树,并构石楼香山,自号醉吟先生,又称香山居士,世称白香山。白居易最工诗,其诗强调现实意义与创作精神,语言浅易,叙述生动,与元稹齐名,称为"元白"。有《白氏长庆集》七十一卷,《尊前集》录其词二十六首。

## 忆江南

江南好,风景旧曾谙[①]。日出江花红胜火,春来江水绿如蓝[②],能不忆江南!

**【注释】**

①谙：熟悉。

②蓝：蓝草，可制青色染料。

**【内容赏析】**

白居易曾先后为杭州、苏州刺史，写下了许多吟咏江南美景的篇章，这里的江南就是指苏、杭一带。

此小词为白氏忆江南词中的代表之作，尤其是“日出江花红胜火，春来江水绿如蓝”一联，对仗工巧，音节朗朗，描绘美景鲜明生动，故历来流传甚广。

# 温庭筠

温庭筠(？—866),本名岐,字飞卿,太原(今山西太原)人,少负才名,唐宣宗大中初试进士。然为人好讥讽权贵,多犯忌讳,故屡试不第。曾为方城尉,官终国子助教,世称温方城、温助教。其词音律和谐,精巧工丽,是文人词开始成熟的标志,但内容偏重于闺情,不免流于绮靡,总体成就不能谓高。《花间集》列为首,较大影响了后世词风。现有宋人所辑《金奁集》,近人所辑《金荃集》。

## 菩萨蛮

小山[①]重叠金明灭[②],鬓云[③]欲度[④]香腮雪[⑤]。懒起画娥眉,弄妆梳洗迟。

照花前后镜,花面交相映。新贴绣罗襦[⑥],双双金鹧鸪[⑦]。

【注释】

①小山:指屏风上雕画的小山。

②金明灭:日光照耀不定的样子。

③鬓云:古代用来形容女子头发很多很美,像云一样。

④度:覆盖。

⑤香腮雪：雪白的面颊。
⑥罗襦：丝绸短袄。
⑦双双金鹧鸪：指丝绸短袄上绣的成双成对的金鹧鸪的图案。

**【内容赏析】**

这篇词作写一位富家女子晚起时的一刻，对其形态的描写细致入微，是"花间派"此类题材的典型之作。

上片首"小山重叠金明灭"二句便从细节上刻画女子的美貌，并从居住环境上体现她的身份。后二句写她无事晚起、慵懒梳妆的样子，一切仿佛平静而没有波澜。下片写妆成后，女子满意地看着镜中的容颜，却无意之中看到了新做的短袄上"双双金鹧鸪"的图案。读到此处，女主人公空虚和无奈的心态脱然而出，她孤独寂寞的原因则不言自明了。作者精巧的艺术构思在这里完美地体现了出来。

此词可以代表温词的总体风格。除了描摹细致外，词对物件的选择及排列十分用心，虽多，却丝毫不显紊乱，反而恰到好处地构成了词所需的浓丽冶艳的气氛。

# 梦江南(二首)

千万恨，恨极在天涯。山月不知心里事，水风空落眼前花，摇曳碧云斜。

**【内容赏析】**

此首词写女子对异地爱人的思念。“恨极在天涯”一句点题；后面三句，以景写情，用字清婉，情思缠绵，是温词的典型风格。

梳洗罢，独倚望江楼。过尽千帆皆不是，斜晖[①]脉脉[②]水悠悠，肠断白蘋洲[③]。

**【注释】**

①斜晖：快日落时的阳光。

②脉脉：相视时目光含情的样子。这里用了拟人手法，说“斜晖”含情，实际是说注视“斜晖”的人含情。

③白蘋洲：长满了白色蘋花的小洲。

**【内容赏析】**

此词为温词中的名作，因其不着铅华的清新且感情深挚，在向来以绮靡为特色的温词中别具一格。

其旨是写女子思念远行的爱人。作者以凝练之笔，写女子晨起登楼，“独倚”二字便点题。“过尽千帆皆不是”，用的其实是缩略之笔，此前的句子应是说她极目远望，竭力寻找舟船上爱人的身影。所以后句中便以“脉脉”写她目光中的情感之深，“悠悠”形容思念之长，“肠断”二字，乃情到言出，情绪深沉而自然。

## 更漏子

玉炉香，红蜡泪①，遍照画堂②秋思。眉翠薄，鬓云残，夜长衾③枕寒。

梧桐树，三更雨，不道④离情正苦。一叶叶，一声声，空阶滴到明。

**【注释】**

①红蜡泪：红烛燃烧时垂滴的蜡油。

②画堂：华美的堂舍。

③衾：被子。

④不道：全不管，全不顾。

**【内容赏析】**

温庭筠作《更漏子》六首，都是以调为题，写深夜的情景。古代用滴漏计时，夜里就凭漏刻来传更，是谓更漏。

此词写女子秋夜闺思，其中上片写夜长孤枕难寐，下片以梧桐和夜雨表现“离情正苦”，巧妙别致，为时人所赏。胡仔《苕溪渔隐丛话·后集卷十七》更推之为温词“工于造语”的佳例。

# 韦 庄

韦庄(约836—910),字端己,杜陵(今陕西西安)人,唐诗人韦应物四世孙,曾因黄巢起义在南方避难很久。唐昭宗乾宁元年(894)进士,为校书郎,此时他五十九岁。六十六岁时仕蜀,王建称帝后以功拜相。词与温庭筠齐名,世称“温韦”,同为“花间派”代表。相较温词,则韦词风格较清润疏淡。有《浣花集》。

## 菩萨蛮

人人尽说江南好,游人[①]只合[②]江南老。
春水碧于天,画船听雨眠。
垆边人[③]似月,皓腕凝霜雪[④]。未老莫
还乡,还乡须[⑤]断肠。

**【注释】**

①游人:此处指在江南漂泊的人,即作者自己。

②合:应该。

③垆边人:指当垆卖酒的女子。

④皓腕凝霜雪:手腕像凝结了霜和雪那样洁白。

⑤须:必定。

【内容赏析】

此词是韦庄在南方避难时所作。词中极力描写了江南的可爱，“春水碧于天，画船听雨眠”一联，十足的水乡风味，并通过几处细节来强化这一印象，使人深有“未老莫还乡”的同感。其下笔清新自然，生动表现了江南水乡的秀美。

## 女冠子

**昨夜夜半，枕上分明梦见。语多时，依旧桃花面，频低柳叶眉①。**

**半羞还半喜，欲去又依依。觉来知是梦，不胜悲。**

【注释】

①“依旧”二句：形容女子美貌依旧，娇羞可爱。

【内容赏析】

此词写对心中女子的思念之情。

上片写梦中相会的情景，“语多时，依旧桃花面，频低柳叶眉”，既生动表现了女子的可爱，也让人分明感受到作者的思念之深。下片写梦醒，“不胜悲”三字，哀婉悱恻，更强化了上片表现的两个主题。

# 冯延巳

冯延巳(903—960),一名延嗣,字正中,广陵(今江苏扬州)人,官至南唐宰相。其词多娱兴遣怀之作,一派富贵闲逸面貌,但格调较为清绮。王国维《人间词话》中说:“冯正中词虽不失五代风格,而堂庑特大,开北宋一代风气。”有《阳春集》。

## 谒金门

风乍起,吹皱一池春水①。闲引鸳鸯香径里,手挼②红杏蕊。

斗鸭③阑干独倚,碧玉搔头斜坠。终日望君君不至,举头闻鹊喜④。

【注释】

①春水:既是指春天的池水,也暗喻女子内心的情感波澜。

②挼(ruó):揉搓。

③斗鸭:以鸭相斗为戏。

④鹊喜:古人谓闻鹊鸣为喜兆。

【内容赏析】

此篇词写女子闺情。其首“风乍起”二句,似写景,实则是写女子内心的情感波动,将之比为春水,可谓是绝笔,为一时传诵之佳句。相传中主李璟与冯延巳君臣之间曾有过这么一段有趣的对话:李璟对冯延巳开玩笑说:“‘风乍起,吹皱一池春水’,何干卿事?”冯延巳笑着回答说:“未若陛下‘小楼吹彻玉笙寒’之句。”这里李、冯所引用的两句,分别是对方的传世名句。

词中“闲引”以下四句,描摹的是女子之“闲”,实际上是一个人的寂寞苦闷。“终日”二句则写到了一个小细节,词中的女子听见枝头喜鹊的鸣叫,以为就能见到自己的心上人,不觉喜上眉梢,这里从反面深化了词的主题。

## 鹊踏枝

谁道闲情抛掷久?每到春来,惆怅还依旧。日日花前常病酒,不辞[①]镜里朱颜瘦。

河畔青芜堤上柳,为问新愁,何事年年有?独立小桥风满袖,平林新月人归后。

**【注释】**

①不辞：不在意。

**【内容赏析】**

此篇词满纸"闲情"，似无甚深意。但其词以多种时空、情节的转换来表现"每到春来，惆怅还依旧"这一主题而不觉纷繁、造作，在更大程度上体现了清美婉约、情韵悠远的意境，是同类题材中的佳作。

# 李　璟

李璟(916—961)，初名景通，字伯玉，为南唐主十九年，庙号元宗。世称中主或嗣主。存词五首，《南堂二主词》收四首，《草堂诗余》收一首。

## 摊破浣溪沙

菡萏[①]香销翠叶残，西风愁起绿波[②]间。
还与韶光[③]共憔悴，不堪看！
细雨梦回鸡塞[④]远，小楼吹彻[⑤]玉笙寒。
多少泪珠何限恨，倚阑干。

**【注释】**

①菡(hàn)萏(dàn)：荷花。
②绿波：这里指荷叶。
③韶光：美好的时光。
④鸡塞：边塞名。这里指偏远地区。
⑤吹彻：吹到最后一曲。

**【内容赏析】**

《浣溪沙》为词调，据万树《词律》卷三的讲法，“此调本以《浣溪沙》为原调，结句破七字为十字，故名《摊破浣溪沙》。”

此词写的是秋风起而思远人，也是假托女子的口吻。

起首“菡萏香销翠叶残，西风愁起绿波间”便点出时节已秋，王国维《人间词话》中说：“大有‘众芳芜秽，美人迟暮’之感。”“还与韶光共憔悴”二句，意思是女子因思念远行的人而憔悴，就如萧瑟的秋景一般“不堪看”。

下片“细雨梦回鸡塞远，小楼吹彻玉笙寒”，与词首“菡萏”二句都是词史上传诵的名句，相较之下，则“细雨”二句不但手法精致，所含的情感亦更为刻骨。

# 李　煜

李煜(937—978),初名从嘉,字重光,李璟第六子,继璟为南唐主,世称李后主。他妙解音律,擅长书画,尤工于词,可谓五代大家。其人任情任性,天真赤纯。在位十五年,纵情声乐,不修政事。国为宋军破后被俘至汴京,被封为违命侯,后被宋太宗赵光义毒杀。前期词作多描写宫苑生活,清婉绮丽;国破后的作品抒写亡国之悲,苍凉沉郁,境界颇高。王国维《人间词话》中说:“词至李后主而眼界始大,感慨遂深,遂变伶工之词而为士大夫之词。”后人合辑他与中主词为《南唐二主词》。

## 清平乐

别来春半,触目愁肠断。砌①下落梅如雪乱,拂了一身还满。

雁来②音信无凭,路遥归梦难成。离恨恰如春草,更行更远还生。

**【注释】**

①砌:台阶。

②雁来:古人认为大雁可以传书。

**【内容赏析】**

此词写的是“离恨”，既不似《浪淘沙》的沉痛，更绝非《一斛珠》的清绮，在后主词中，是另一番的清婉。

上片“砌下落梅如雪乱”二句，与首句中的“春半”两字相呼应。而仔细体味词意，在一派葱茏之中，主人公却只见落梅，可见她（他）的心意并不属于春光，其心中的千头万绪，正如“拂了一身还满”的花瓣，带给人的是若有所失的惆怅，挥之不去。

下片的“离恨恰如春草”二句，将离恨比作春草，极力表现其如影随形。比喻之精巧，与后来贺铸用“一川烟草，满城风絮，梅子黄时雨”写“闲愁”之欲罢不能有异曲同工之妙，是时人共赏的名句。其后欧阳修广为传诵的“离愁渐远渐无穷，迢迢不断如春水”（《踏莎行》）便受了它的影响。

## 浪淘沙

帘外雨潺潺[①]，春意阑珊[②]。罗衾不耐五更寒。梦里不知身是客，一晌[③]贪欢。

独自莫凭栏，无限江山。别时容易见时难。流水落花春去也，天上人间[④]。

**【注释】**

①潺潺：水声，这里形容雨声。

②阑珊：衰落，将尽。

③一晌：片刻。

④天上人间：相隔遥远，不知其处。言外之意是说自己不再抱有对生活的希望，似乎是暗示词人的一生即将结束。

**【内容赏析】**

此词一般被认为是李煜的绝笔之作。撇开诗话中的有关记载，单从词面上看，其在后主词中以少见的淋漓尽致的兴致，抒发了他凄婉悲怨的感情。“梦里不知身是客，一晌贪欢”与“独自莫凭栏，无限江山”较为直露地表现了亡国之痛与被俘后不堪的囚禁生涯。结句“流水落花春去也，天上人间”，更是用语沉痛，字字当哭，其表达的是目送珍爱的一切远去而心中无能为力、痛彻肝肠的哀鸣，有着极强的艺术魅力。此作是词史上的名篇。

## 乌夜啼

无言独上西楼，月如钩。寂寞梧桐深院锁清秋。

**剪不断，理还乱，是离愁[1]。别是一般滋味在心头。**

**【注释】**

①离愁：此处指国破之痛。

**【内容赏析】**

此词一名《相见欢》，亦是后主词中的名篇。

李煜在词人中可谓境遇特殊，亡国之君，偏偏又多情善感，有着极敏锐的心灵触觉与极高的艺术天赋。他成为阶下囚后，词中屡屡出现“愁”的字样，对此，不能脱离他的特殊背景单纯地去理解；更何况这些关于“愁”的句子，往往是词史上千古吟传的佳句。它们深沉隽永的艺术感染力，是以作者心中沉淀的复杂情感为依托的，这首小词也是如此。

词的上片写主人公周遭的景致，十八个字，却“摄尽凄婉神情”（俞平伯语）。这十八个字中，几乎每个单独的意象（无言、独、西楼、月如钩、寂寞、梧桐、深院、锁、清秋）都在古代文学作品中被屡屡用来表达伤感之情。如此密集的十八个字，读来似乎平淡，却有勾魂摄魄之力。

下片中出现的“离愁”，如前所言，兼悔、兼恨，是失家与亡国、朝夕寄人篱下的惨痛，此种的“别是一般滋味”，如排山倒海，有千钧之重，久久萦绕心头，无可排遣，无人可诉。“剪不断，理还乱”，将这抽象的“离愁”形象具体化，比喻得自然妥帖，在无数读者心中引起了共鸣，产生了不朽的艺术魅力。

黄昇《唐宋诸贤绝妙词选》卷一题注曰：“此词最凄婉，所谓‘亡国之音哀以思’。”

# 虞美人

春花秋月[①]何时了，往事知多少！小楼昨夜又东风[②]，故国不堪回首月明中。

雕栏玉砌[③]应犹在，只是朱颜改。问君能有几多愁？恰似一江春水向东流。

**【注释】**

①春花秋月：代指岁月更替。

②东风：春风。

③雕栏玉砌：指原先南唐的宫殿。

**【内容赏析】**

这应该是李煜最广为人知的一首词。据说他曾在自己七月初七的生日晚上，让歌伎演唱此词，结果被宋太宗知道此事，大为光火，认为他不思悔改，加上词中又有“故国不堪回首月明中”等句，于是便赐毒药（牵机药）将李煜毒死。这首《虞美人》也就成了这位文学天才的绝唱。

此词要细品，它没有什么僻词拗句，相反首二句和结尾二句都是千古流传的名句，但它的含义却不是轻易能够穷尽的。

“春花秋月何时了”，是说生活中的美好是何其多啊，这包括自然中的各种美景，也包括人与人之间的美好情感，对李煜来说，更有往昔奢华的尊荣。但一句“往事知多少”，便使他坠入深谷，他所面对的现实是如此残酷，我们几乎可以听到他幽远的叹息，感觉到他心底汹涌的泪水。对他这样一个敏感而几乎不曾受到过伤害的人来说，一切的美好，只能存在于往昔中了，此种之痛，噬心裂骨啊！“小楼”二句，是说昨晚自己在所居住的小楼中听到春风又一次地吹过，他想到自己离开故国又一年了，想到月华如水之下，那些熟悉的景致应该依然吧，可是国已破，自己与它们只怕是永不能再见，让人情何以堪呢。

下片首句中的“雕栏玉砌”，便是形容故国宫殿的精致奢华。“朱颜”，也就是美丽的容颜，可以理解为作者自己，并可以进一步理解为他所处的环境和心境。朱颜已改，也就是人事非昨，“只是”二字，寄托了作者对自身身世遭遇的沉痛之感！这一切的情绪，使得“问君能有几多愁？恰似一江春水向东流”出现得极其自然，其情感的恣肆汪洋，其音韵的顿挫抑扬，无形中与极收敛的“只是朱颜改”对照，促节慢声，更显余音缭绕。而其所内含的像那无穷无尽的江水一般的哀愁，则以它深沉的艺术魅力，感染了每一个读者，成为千古绝唱。

## 相见欢

**林花谢了春红[①]，太匆匆！无奈朝来寒雨晚来风。**

**胭脂泪，留人醉，几时重？自是人生长恨水长东！**

**【注释】**

①林花谢了春红：就是说春天花落了。

**【内容赏析】**

这首词也是李后主写“愁恨”的名篇，从情绪上看应该是他被俘后的作品。其用字一如他的风格，虽然婉丽，却也平常，但其中由真切体会而得的人生滋味与深沉的感慨，使得这首词隽永而耐读。

首句乃是普通的伤春之词，而在“太匆匆”的感叹之后，紧接着一句“无奈朝来寒雨晚来风”，给人的感觉是如此的“风刀霜剑严相逼”，花尚如此，那么花所象征的人的命运，就可想而知了。

下片起首三字一顿，回顾了自己曾经花团锦簇的生活，寥寥九字，内容却很丰富，既有“醉生梦死”，也有“悔不当初”。而“自是人生长恨水长东”一句，将人生的难言之恨用素淡之笔写来，深入浅出，但艺术境界却炉火纯青，其感人力量自是不言而喻。

现代的著名小说家张恨水之名，就是他将“人生长恨水长东”中间二字取出而成的，实在是因为这句话蕴含了太多的情感，感人至深。

# 牛希济

牛希济，生卒年不详，陇西（今甘肃东南部）人。前蜀王衍时，他官至翰林学士、御史中丞。南唐灭亡后，入宋，拜雍州节度副使。《花间集》录其词十一首，《全唐诗》录十二首。

## 生查子

春山烟欲收，天淡星稀小。残月脸边明，别泪临清晓。

语已多，情未了，回首犹重道：记得绿罗裙，处处怜芳草。

**【内容赏析】**

此小词格调清新可爱，可能由于作于词发展的初期，上片犹带有五言诗的味道，但显然风格更为柔丽。下片刻画情侣两人的难分难舍，写女子依依不舍、百般叮嘱。末尾两句十分含蓄而多情，因自己裙裾的绿色而要对方怜惜足下的春草，女子巧妙地表达出了自己难以言说的真实心情，情深意长。

# 王禹偁

王禹偁(954—1001),字元之,济州巨野(今属山东)人,太平兴国进士,曾知黄州(今湖北黄冈),人称“王黄州”。他反对宋初绮丽的文风,提倡平易畅达,于诗推崇杜甫、白居易,于文则推崇韩愈、柳宗元。诗文亦简达直朴,多涉政治与社会现实。有《小畜集》《小畜外集》《五代史阙文》传世。

## 点绛唇

雨恨云愁,江南依旧称佳丽。水村渔市,一缕孤烟细。

天际征鸿[1],遥认行如缀。平生事,此时凝睇[2],谁会凭栏意。

**【注释】**

①征鸿:远行的鸿雁。

②凝睇：凝神注视。

**【内容赏析】**

此词是现存宋初最早的小令之一，也是作者王禹偁传世的唯一词作，在宋词史上自有它的艺术价值。

王禹偁因生性耿直，在宦途上有过屡遭贬谪的经历，这首词就作于他滞留江南之时。虽是如此，但此词词意清朗健朴，丝毫没有衰颓之相，在艺术水准上也有相当的成就，从这个意义上说，这首词也是宋初词作中不可忽视的一首。

上片首二句“雨恨云愁，江南依旧称佳丽”，乃是用了先抑后扬之笔。“恨”“愁”二字既用比拟手法写出了江南水乡的特点，其实也是词人内心情绪的反映。而“依旧”二字，表达了作者对水乡独特风光的赞赏之情。其后“水村渔市，一缕孤烟细”两句，则描绘了典型的江南之景，作者能以俭省之笔勾画出水乡特色，是很见功夫的。

下片“天际征鸿，遥认行如缀”，则是巧妙地运用了“征鸿”这一意象。在中国诗词中，此意象既可以被用来借写离愁别恨，也常形容个人心中的远大志向。作者既为北方人，考察词意，此处应该是两种意思兼有，但以后者为重。因为结尾的“平生事，此时凝睇，谁会凭栏意”，便隐隐有壮志未酬的感慨。而“谁会凭栏意”一句，此后在整个宋代的许多传世词作中都可以发现其痕迹。如辛弃疾《水龙吟》中的“落日楼头，断鸿声里，江南游子。把吴钩看了，栏杆拍遍，无人会、登临意”，便明显是化自此词词意。

这首词虽作于词这一文学新兴题材的发展初期，却能一洗花间派的柔丽之风，即景入情，格调沉郁高古，虽然不能算是宋词中的佼佼之作，但也是相当有艺术水平的作品。

# 寇 准

寇准(961—1023),字平仲,华州下邽(今陕西渭南)人。太平兴国五年(980)进士,官至同中书门下平章事(即宰相),曾因遭排挤两次罢相,再黜时卒于贬所。其诗学王维。《全宋词》录其词四首,都是伤时惜别之作,清雅委婉。著《巴东集》。时人集有《寇忠愍公诗集》。

## 踏 莎 行

春色将阑①,莺声渐老②,红英落尽青梅小。画堂人静雨濛濛,屏山③半掩余香袅。

密约沉沉,离情杳杳④,菱花⑤尘满慵⑥将照。倚楼无语欲销魂⑦,长空黯淡连芳草。

**【注释】**

①阑:意同"阑珊"。

②老:此处指老涩,不如原来的清脆。

③屏山:屏风。

④"沉沉"、"杳杳":在词中指离别到现在已经很久,原先的誓约早已沉寂无声、不再提起了。

⑤菱花:古代铜镜背后常有菱花图案,后常以菱花代镜。

⑥慵:懒得做。

⑦销魂：南朝江淹的名作《别赋》首句："黯然销魂者，惟别而已矣。"后便指内心巨大的伤痛或愁苦。

**【内容赏析】**

在古代的诗词作品中，"伤春"与"闺怨"或者"伤春"与"惜别"，是两种经常组合在一起的题材。这里所选的《踏莎行》与后面的《阳关引》，就是此种组合下的佳作。

《踏莎行》是说女子在暮春时思念起远行的心上人。

起首"莺声渐老，红英落尽青梅小"二句用三个短语，于人所不经意处描画出了残春的景象。这当然是借景写情，暗示美好的时光已去。"画堂人静雨濛濛"二句，看似纯写景，实则"人静""半掩"等字眼，均在不动声色中暗示了女主人公的寂寞心情。

下片起首的"沉沉""杳杳"两词，轻易就能给人以"久候不至""望眼欲穿"的感觉。"倚楼无语欲销魂，长空黯淡连芳草"，写人的消沉黯然：愁绪，仿佛已不是言语能道尽的啊！

## 阳关引

塞草烟光阔，渭水波声咽。春朝雨霁[①]，
轻尘歇，征鞍发。指青青杨柳，又是轻攀折[②]。
动黯然，知有后会甚时节[③]。

更尽一杯酒，歌一阕。叹人生，最难欢
聚易离别。且莫辞沉醉，听取《阳关》彻[④]。
念故人，千里自此共明月[⑤]。

【注释】

①霁：指雨后天晴。

②“指青青”二句：唐人送行常折柳相送，因“柳”谐音“留”，柳丝柔长，仿佛情谊绵长，后便用“折柳”代离别。

③甚时节：什么时候。

④《阳关》：指王维的《送元二使安西》，又叫《渭城曲》，因诗中有“西出阳关无故人”之语，唐人送行时常唱此曲，以表达惜别之意。彻：毕。

⑤千里自此共明月：应化自南朝谢庄《月赋》的“隔千里兮共明月”。苏轼的名词“千里共婵娟”可能源于此句的影响。

【内容赏析】

此首词描写的是春天送友人远行。

历来送别之作，伤感缠绵的情绪自是主流，但这首词中，上片以“动黯然，知有后会甚时节”写深沉真挚的眷恋；下片起首的“更尽一杯酒，歌一阕。叹人生，最难欢聚易离别”，更将普通的送别场景升华到了放之四海的广阔场景中，使人心神豁然开朗。结句之“念故人，千里自此共明月”，却在深深的留恋之中，融入清朗通脱的气象，是一首感人的佳作。

# 范仲淹

范仲淹(989—1052),字希文,吴县(今江苏苏州)人,大中祥符八年(1015)进士。少年时家贫而力学不止,任官后性直敢言,亦积极主张改革及整顿政务,但遭保守派反对,为当时著名的政治家。宋仁宗时曾守卫西北边疆,遏制了西夏的入侵。官至枢密副使、参知政事,谥文正。工诗词散文,皆有名篇传世。文章长于政论。其词仅传五首,风格疏朗明健。有《范文正公文集》。

## 苏幕遮

碧云天,黄叶地。秋色连波,波上寒烟翠。山映斜阳天接水,芳草无情,更在斜阳外[1]。

黯乡魂[2],追旅思[3]。夜夜除非,好梦留人睡[4]。明月楼高休独倚,酒入愁肠,化作相思泪。

**【注释】**

①“芳草”二句：指芳草漫无边际。古人多以草喻离情，杜牧有诗云：“芳草复芳草，断肠还断肠。自然堪下泪，何必更斜阳。”此词句可能从杜诗化出。人离愁很深，而草却兀自青青，所以说它“无情”。

②黯乡魂：因思念家乡而黯然神伤。

③追旅思：旅居在外的愁思纠缠不休。追，追随，纠缠。

④“夜夜”二句：只有祈望每晚能在梦中回到故乡。

**【内容赏析】**

古人的文学作品中有一个很普遍的现象，就是以对景物的描绘来抒发自己内心的情感，“景无情不发，情无景不生”（范晞文《对床夜雨》），从而达到情景交融的境界。“情景相融而莫分”，这首《苏幕遮》便是如此的一篇佳作。

词的上片以“碧”“黄”两个色彩鲜明的字眼开篇，首句便如画地描绘出一幅动人的秋景：天色碧蓝，金黄的落叶满地，苍茫的江水无边无际，水天尽头，一抹冷冷的绿色在薄雾中隐现，让人因景移情，若有所失。“山映斜阳天接水”，便点明已近黄昏，远山落有一片余晖。在古代离别题材的诗词中，“斜阳”是一个很常见的意象，暗示着心情的失落或事情的不可挽回。直到此处，仍是客观写景，虽然我们能感到词人的情绪已渗透在其中。接下来的“芳草无情，更在斜阳外”就是情融于景的句子：虽已至秋，但生命力强的小草仍是漫山遍野地绿着，一直到天尽头还向前延伸，不见衰败的迹象，仿佛完全不顾及作者凄凉的心境，比之那将落下的斜阳，真是“无情”啊！如此一来，作者强烈的情绪就自然而然地表现出来了。

下片首句便交代了若有所失的原因，是因为出门在外、思念家乡。“黯”字形容词作动词，我们仿佛能看到词人的憔悴；“追”字更是表现出乡愁的浓重，如影随形、挥之不去。其在现实之中无可解脱，只能寄希望于做一个回到家乡的好梦。于是常常登上高楼，朝家乡的方向眺望，可是却不能回去啊！心情更加沉重，不如“一醉解千愁”吧。喝得半醉半醒，朦胧之间忽然想起，这一口口咽下到那百转“愁肠”中去的，可不是酒啊，是思乡的眼泪！此时悲凉的情绪在眼看就可以得到排遣的时刻，却激荡得更强烈、更无法解脱，不难想象这一夜作者是如何辗转难眠。

此词写景鲜明如画，写情深沉缠绵，颇有佳句。邹祇谟《远志斋词衷》评点说：“前段多入丽语，后段纯写离情，遂成绝唱。”这是很中肯的评价。

# 柳　永

柳永(约987—约1053),原名三变,字耆卿,崇安(今福建武夷山)人。因排行第七,称柳七。为举子时,多流连青楼,作绮艳之曲,并有“忍把浮名,换了浅斟低唱”之语,上官不喜,故屡试不中。相传,宋仁宗因他“好为淫冶讴歌之曲”,将他的名字从及第的名单中删去,并批曰:何要浮名?且去浅斟低唱。柳永从此索性自称“奉旨填词柳三变”,遂以毕生精力作词,并以“白衣卿相”自许。后于仁宗景祐元年(1034)中进士,官至屯田员外郎,世称柳屯田。

柳永是北宋前期的一个重要词家,他的创作在相当程度上改变了宋初词作较单一的面貌。首先,他扩大了词境,所写内容除了传统的“艳情”之外,更发展了羁旅、行役等多种题材,且佳作甚多。他用相当多的词篇描写了盛世中部分落魄文人的失意和苦痛,并代言了歌伎舞女的辛酸经历和生活要求,且直言与她们的诚挚恋情。柳永发展了词体,现存的二百多首词中,竟用了一百五十多个词调,且大部分皆是以旧调发展、改造而成或是他自制的新调,又其中的大部分为长调慢词,在当时极大地推动了词调的发展,使词这一新兴文学形式在它的发展初期前进了一大步。他还丰富了词的表现手法,其词长于铺叙、工于言情写景、讲究章法结构、有鲜明的个性特色。他上承敦煌曲,用民间口语写作了大量的“俚词”,下开金元曲。他又多用新腔、美腔,使其词旖旎深情,富于音乐美。应该说像柳永那样在创意和创调两方面同时有重大成就的词人,在中国的词史上是绝无仅有的。这些鲜明而影响巨大的艺术特征使他的词不仅在当时广为流传，使“好之者无以复加”（《酒边词序》），对后世也影响弥深。虽然他在宦途上始终不得意，但他的作品却影响了当时和以后的绝大部分词作者。有《乐章集》。

## 雨霖铃

寒蝉凄切①，对长亭②晚，骤雨初歇。都门③帐饮④无绪，留恋处、兰舟⑤催发。执手相看泪眼，竟无语凝噎⑥。念去去⑦、千里烟波，暮霭沉沉楚天⑧阔。

多情自古伤离别，更那堪、冷落清秋节！今宵酒醒何处？杨柳岸、晓风残月。此去经年⑨，应是良辰好景虚设。便纵有千种风情⑩，更与何人说？

**【注释】**

①寒蝉凄切：表示秋天。

②长亭：此处泛指送别的地方。

③都门：指汴京城门外。

④帐饮：原意指的是搭起帐篷来请客人饮酒，后来词意扩大，也指在小馆子内饯行。

⑤兰舟：相传鲁班曾刻木兰树为舟，后来就作为船的美称。

⑥凝噎：指喉咙哽咽得说不出话，好像凝滞了一般。此与后面的“杨柳岸、晓风残月”同为千古名句。

⑦去去:“去”的重叠,表示去得很远。
⑧楚天:楚国在江南岸,故楚天就是说南方的天。
⑨经年:年复一年,许多年。
⑩风情:特指男女间的爱恋。

**【内容赏析】**

此篇词写秋天雨后一对相爱的恋人分别,是柳永的代表作之一,也是同类题材中的名篇。

上片起首“寒蝉凄切”三句点明时间、地点,从中就能感受到字里行间的伤感。“寒”字既是说明时节已秋,也是作者内心的感受,“凄切”二字,更是直白无遗。在京城外设的送别宴已经将近尾声,自己虽然万般不舍,但出发的船只已经几次催促动身了。“执手相看泪眼”二句,将本难以言状的复杂情感以白描的手法,寥寥几笔画出,清朴而浓烈,为写情之名句。作者正要前往千里之外,路途迢迢,无人相伴,而此时南方的天边正弥漫着重重的雾霭。

下片首“多情自古伤离别”三句,是概括性的、说理的句子。词当中此类句子一般比较少,也不太容易写得深情动人,可是此句却非常自然地出现在上下片过渡的位置,并毫不做作地扩大了这种伤感之情的范围,使得不再是两个人此时的难分难舍,而是自古亦然、于秋尤烈的事了。“今宵酒醒何处? 杨柳岸、晓风残月”,是千古赞赏的佳句,历来特别能牵动人的离情别绪。从字面上看,是说今晚分别之后,将不可避免地借酒消愁,待到酒醒之时,秋风中独立杨柳之岸,看到的只能是一弯残月。也许正是这无限惹人愁绪的意象(酒、杨柳、晓风、残月)如此流畅地出现在一个句子中,又如此生动地将这离情表现得淋漓尽致,才使得离别之时惨不成欢的愁绪一下子倾泻而出,成为整首词的情绪高潮。而后的“此去经年”四句更是情到言出，十分自然：你既然不在身边，那么纵是再美的景致，于我而言，都是空白。这样浓烈的感情，由作者以文人之词的形式生动道来，只觉余香满口，回味无穷，实在是抒写别情的佼佼之作。

## 凤栖梧

伫[1]倚危楼[2]风细细，望极春愁，黯黯[3]生天际。草色烟光残照里，无言谁会凭阑意[4]。

拟把疏狂[5]图一醉，对酒当歌[6]，强乐[7]还无味。衣带渐宽[8]终不悔，为伊[9]消得[10]人憔悴。

**【注释】**

①伫：久立。

②危楼：高楼。

③黯黯：心神失落、沮丧。

④会：了解。阑：同“栏”，栏杆。

⑤疏狂：生活散漫狂放、不拘礼法。

⑥对酒当歌：出自曹操《短歌行》的首句：“对酒当歌，人生几何。”

⑦强乐：勉强作乐。

⑧衣带渐宽：指人渐渐消瘦。

⑨伊：代词，他（她）。

⑩消得：值得。

**【内容赏析】**

《凤栖梧》不是柳词中绝对的代表作，却亦是一首相当有艺术个性的作品。

作者以“伫倚危楼风细细”起首，写景抒情，在成功营造出黯淡的周遭环境的同时，也形象地表达了自己更为黯然的、诸事不上心的心境。这使得读者也一直处于一种抑郁的情绪当中。

在整首词去了十分之八句后，突然有一种极强烈的感情迸发而出、倾泻而下：“衣带渐宽终不悔，为伊消得人憔悴。”这是让人震撼的宣言，在貌似舒缓的字面之下，有一种异常的执着和激烈。相比之下，《古诗十九首》中的“相去日以远，衣带日以缓”，就有着上古的含蓄和悠远了。

# 望海潮

东南形胜，三吴[①]都会，钱塘自古繁华。烟柳画桥，风帘翠幕，参差[②]十万人家。云树绕堤沙，怒涛卷霜雪[③]，天堑[④]无涯。市列珠玑[⑤]，户盈罗绮，竞豪奢。

重湖[⑥]叠巘[⑦]清嘉[⑧]。有三秋桂子，十里荷花。羌管弄晴，菱歌泛夜[⑨]，嬉嬉钓叟莲娃。千骑[⑩]拥高牙[⑪]，乘醉听箫鼓，吟赏烟霞[⑫]。异日图[⑬]将好景，归去凤池[⑭]夸。

**【注释】**

①三吴：泛指江苏南部和浙江的部分地区。

②参差：指楼阁高低不齐。

③怒：此谓汹涌澎湃。霜雪：喻浪花。

④天堑：天然的壕沟。

⑤珠玑：珠宝，这里泛指珍贵物品。

⑥重湖：西湖以白堤为界，分为外湖、里湖。

⑦叠巘：重叠的山峰。

⑧清嘉：秀丽。嘉：好。

⑨"羌管"二句：羌管，乐器名。此二句互文，说西湖边笙歌缭绕，日夜不停。

⑩骑(jì)：一人一马谓之骑。

⑪牙：将军用的旗帜。
⑫烟霞：指山水之间的景色。
⑬图：描绘。
⑭凤池：凤凰池。此处泛指朝廷。

**【内容赏析】**

这是柳永往开封应试前，为在杭州拜谒两浙转运使孙何而写的一首赠词，其中的一些词句，如“烟柳画桥，风帘翠幕”“三秋桂子，十里荷花”等，后来便常常被用来形容杭州的景色。可见此词绘景的毕肖，这也使它不流于纯粹的投赠之作。

首三句从“东南”到“三吴”再到“钱塘”，是层层递进的手法，在突出了杭州出众的地理位置的同时，也自然说明了它之所以“自古繁华”的原因。其后便是以如诗如画的语言，描绘了西湖两岸清丽的迷人美景，也描写了杭州人民富庶安乐的小康生活，其中恰到好处地使用了夸张、对偶及比喻等多种修辞手法，使读者深深陶醉在如此天堂般的景色中。传说中金主完颜亮便是因为读到词中“三秋桂子，十里荷花”，顿生垂涎之心，遂伐宋的（见罗大经《鹤林玉露》卷十三）。这也许只能说是“小说家言”，但也见证了此词的流传之广。

下片的“千骑拥高牙”三句，则是想象孙何的仪仗和风采，并自然而然地将此等承平气象归功于孙何，写得潇洒从容，丝毫没有庸俗的味道。“异日”二句，既再次点到杭州之“好景”，又以祝愿之词结尾，一气呵成。

此词也显出柳永工于长调和铺叙的特色，其写景一层接一层，时空转换收放自如，并与投赠主题结合得十分自然巧妙，虽是他年轻时的作品，仍见深湛功力。

# 八声甘州

对潇潇[1]暮雨洒江天，一番洗清秋。渐霜风[2]凄紧，关河[3]冷落[4]，残照当楼。是处红衰翠减[5]，苒苒[6]物华[7]休。惟有长江水，无语东流。

不忍登高临远，望故乡渺邈[8]，归思[9]难收。叹年来踪迹，何事苦淹留[10]？想佳人、妆楼颙望，误几回、天际识归舟。争[11]知我、倚阑干处，正恁[12]凝愁。

【注释】

①潇潇：形容风急雨骤。

②霜风：指秋风。

③关河：山河关隘。

④冷落：指秋天清冷凄凉的样子。

⑤是处：处处。“红”“翠”：指原先繁茂的植物。

⑥苒苒：即“冉冉”，渐渐。

⑦物华：就是指前句的“红”“翠”。

⑧渺邈：遥远貌。

⑨思：心情。

⑩淹留：久留。

⑪争：怎。

⑫恁：这么。

【内容赏析】

这首词也写情，但风格有别于柳词一般的缠绵，意境相当高远辽阔，写景精致有序，抒情更是凝练淋漓，为历代词家所叹赏推崇。

上片二句以“对”字起首，描写眼前的秋江雨景。一个“洒”字，一个“洗”字，使整个句子顿时凝练有神，使人不由得喝彩：好一个清雄的开头！而后三句以“渐”字总领，“霜风凄紧，关河冷落，残照当楼”这十二个字，境高景旷，抒染出了那种萧瑟凄清的气氛，而且十分浑成，没有女儿态，所以连一向不大看得起柳永的苏轼也赞叹这三句说“此语于诗句不减唐人高处”（见赵令畤《侯鲭录》）。

下片“不忍”二字总领，写的是故乡难归；“何事苦淹留”，则以委曲之笔写出了自己流寓辗转的无奈。“误几回、天际识归舟”，说的是妻子屡屡登楼凝望往来舟船，好多次误以为“我”便在那舟船之上，是生动而凝练的笔法。

“争知我、倚阑干处，正恁凝愁”的结尾，含蓄而深沉，好似一声沉重的长叹，使词的情绪更为饱满，让人不忍卒读。

# 定风波

自春来，惨绿愁红，芳心是事可可①。日上花梢②，莺穿柳带，犹压香衾卧。暖酥消③，腻云亸④，终日厌厌⑤倦梳裹⑥。无那⑦。恨薄情一去，音书无个。

早知恁么⑧，悔当初，不把雕鞍⑨锁。向鸡窗⑩，只与蛮笺象管⑪，拘束教吟课⑫。镇⑬相随，莫抛躲。针线闲拈伴伊坐，和我，免使年少光阴虚过。

【注释】

①可可：可有可无。

②日上花梢：太阳已经升到了花枝头。

③暖酥消：丰满酥软的身体消瘦了。

④腻云亸：发髻松散了。

⑤厌厌：无精打采的样子。

⑥梳裹：梳妆打扮。

⑦无那：无可奈何。

⑧恁么：这么。

⑨雕鞍：精美的马鞍。这里借指马。

⑩鸡窗：出自《幽明录》，说晋代刺史宋处宗曾买了一只长鸣鸡，因为喜爱，就将鸡笼放在了窗前，结果鸡常给他讲一些很有见地的话，他也渐渐成了一个很有知识的人。后来便用“鸡窗”来指代书窗。

⑪蛮笺象管:指纸笔。
⑫拘束教吟课:管着他让他读书。
⑬镇:整日。

**【内容赏析】**

柳永的词向来是“当分雅俚二类”(夏敬观语)。“雅词”可以以《八声甘州》《雨霖铃》等为代表,而这首《定风波》,当可以作为“俚词”的代表之作。

全词以女子口吻,用几乎完全是市井口语的语言描写出了她的内心世界。“无那。恨薄情一去,音书无个”几句,其动人的力量不是一般斯文绮丽的语言可以比拟的。而“早知恁么,悔当初,不把雕鞍锁”,则语气天真烂漫,直接表现出了这名恋爱中的女子已然满心烦乱,想象十分大胆却又不违背情理。能将文人之词以俚俗之语写到如此自然生动的地步,是很见功夫的。

词在当时被视为“小道”,也就是不入流的意思,所以文人士大夫的词,一般都讲究字句,表现的也大都是“闲情雅致”。而此词所表现的下层妇女对爱情的渴望和要求,在当时,是被视为有悖于文人士子的身份的。以下这个小故事能够说明这点:

柳永因为功名不就,就找到了当朝的文人宰相,也是当时另一位著名词人晏殊。他上门拜见,实际上也就是想看看能否和这位文人宰相套套近乎,为自己在皇帝面前美言几句。晏殊只问了他一句:“贤俊作曲子么?”柳永一听其言,似乎有不太客气的意思,便回答说:“只如相公(即晏殊)亦作曲子。”意思是说你我在这方面是一样的人,你虽然位高,却不能轻视于我。结果晏殊气定神闲地回答说:“殊虽作曲子,不曾道‘针线闲拈伴伊坐’。”“柳遂退”(见张舜民《画墁录》)。短短的几句对话，就可以看出，柳永的这一类用俚俗之语描写下层妇女情感世界的词作，是受到当时“正统”文人的排斥的。

## 鹤冲天

黄金榜[①]上，偶失龙头望[②]。明代[③]暂遗贤，如何向。未遂风云便，争不恣[④]狂荡。何须论得丧。才子词人，自是白衣[⑤]卿相。

烟花巷陌，依约[⑥]丹青屏障。幸有意中人，堪[⑦]寻访。且恁偎红依翠[⑧]，风流事、平生畅。青春都一饷。忍把浮名[⑨]，换了浅斟低唱[⑩]。

**【注释】**

①黄金榜：指录取进士的金字题名榜。

②偶失龙头望：这次偶然没有考中。

③明代：圣明的朝代。此处有嘲讽的味道。

④恣：无拘束。

⑤白衣：就是老百姓。

⑥依约：隐约。

⑦堪：可以。

⑧偎红依翠：指怀抱着女子。

⑨浮名：佛家用语，意思是功名不过如浮云般短暂。

⑩浅斟低唱：指酒乐歌舞的生活。

**【内容赏析】**

胡仔的《苕溪渔隐丛话》中曾引《艺苑雌黄》中的记载，说柳永曾考取进士，但皇帝在审阅录取名单的时候看见了柳永的名字，便问左右人说：“难道是那个填词的柳永吗？”左右人回答说是，皇帝于是批复说：“何要浮名？且去浅斟低唱。”柳永于是落第。从此以后，他便流连于勾栏之中，更号称“奉旨填词柳三变”。从这个故事中便不难看出，此词的流传之广、影响之大。这首词具有柳永鲜明的个性化气质，如“偶失龙头望”的踌躇满志；“明代暂遗贤”，类似调侃的温婉讽刺；“争不恣狂荡，何须论得丧”的放任风流；“自是白衣卿相”的桀骜倜傥。而正是这种不掩饰、不拘束的个性化气质惹恼了皇帝。

下片更是以淋漓之笔描述了男女情爱的欢畅。“青春都一饷。忍把浮名，换了浅斟低唱”，其颠倒一般价值观的大胆宣告，其中所透露出来的随性和享乐至上的人生观，的确算得上是那个时代中的“异类”。而“奉旨填词柳三变”的黑色幽默，虽然是火药味甚重的牢骚话，倒也可以窥见他性格中傲岸与倔强的一面。应该说宋朝的皇帝对文人还算是宽容的，所以柳永这位“才子词人”虽然做不成大官，却仍然可以公然打着皇上的旗号，到处逍遥写曲。这在其他朝代，是难以想象的。

# 宋　祁

宋祁(998—1061),字子京,安州安陆(今属湖北)人,后移居开封雍丘(今属河南)。天圣二年与其兄宋庠同为进士。历任龙图阁学士、史馆修撰、知制诰、工部尚书、翰林学士等。与其兄齐名,人称为"小宋、大宋"。为人喜奢侈,好游宴。其词多写个人情怀,风格以绮丽为主,但也颇有一些构思新颖、描写生动的佳句广为流传。原有文集一百五十卷,今已散佚。现有清人所辑《宋景文集》,近人所辑《宋景文公集》及赵万里所辑的《宋景文长短句》。

## 玉楼春

东城渐觉风光好,縠皱①波纹迎客棹②。
绿杨烟外晓寒轻,红杏枝头春意闹。
浮生长恨欢娱少,肯③爱④千金轻一笑。
为君持酒劝斜阳,且向花间留晚照。

**【注释】**

①縠皱:有皱褶的纱,这里形容水面。

②棹:划船的用具,这里指船。

③肯:这里是“怎么肯”的意思。

④爱:吝啬。

**【内容赏析】**

此词上片写“东城”旖旎的早春景色。“绿杨烟外晓寒轻,红杏枝头春意闹”一联,色彩鲜亮,且一个“轻”字、一个“闹”字,似不循常规用字,但仔细想来,却又觉得妥帖到了极致,简直是换一个字也不能了。而“红杏枝头春意闹”,更因其声、色俱佳,而被广为传诵。恰巧当时宋祁正任工部尚书,人们便把他称为“‘红杏’尚书”。

下片则由春景而引发了“浮生长恨欢娱少”的人生感慨,“且向花间留晚照”一句,劝人把握青春时光、及时行乐,但我们也可以理解成是督促人力求上进的委婉之语。

# 晏　殊

晏殊(991—1055),字同叔,抚州临川(今江西抚州)人。七岁能文,十四岁时以神童召试,赐同进士出身。宋仁宗庆历时官拜同中书门下平章事兼枢密使。谥元献。当时名臣范仲淹、欧阳修与词人张先等均出于其门下。其词内容写恋情和时景,多反映富贵闲雅的生活,风格、形式皆相似于南唐冯延巳。其作善于将事物细节处熔铸成脍炙人口的佳句。原有文集二百四十卷,今仅有《珠玉集》。

## 浣溪沙

一曲新词酒一杯,去年天气旧亭台。夕阳西下几时回?

无可奈何花落去,似曾相识燕归来。小园香径[1]独徘徊。

**【注释】**

①香径：满是落花、散发着香味的小路。

**【内容赏析】**

晏殊，北宋初的“太平宰相”，官高禄厚且世事承平，故他的词作有一派自然流露的富贵气象，内容也多为“闲愁”。此词便是他同类题材中历来最为人称道的一首。

词人在黄昏时分，手持酒杯，周遭是与去年一样的天气和亭台，听着歌女轻唱他刚作的新词，徘徊在自家花园的小径中，是这首词的全部内容。在这种不可能有悲欢离合的情节中，词人却以工巧的“无可奈何花落去，似曾相识燕归来”一联，传达出一种强烈的惆怅，并以其艺术魅力时时感染着后人。

任何的美好都有逝去的时候，即使是仕途通达如晏殊，能做的也只有“无可奈何”，这让他感到不轻易有的失落。而当另一种美好来临的时候，他却清醒地意识到这已是更新过的另一种生命，并不是当初竭力想挽留的，而它也终将消逝。此时，那种美好事物之间的“似曾相识”，让人欢喜，也让人伤感。在晏殊心中，有着更为沉重的悲哀，花落去了，那么眼前的亭台、小园呢？这种“一曲新词酒一杯”的安逸生活，自己又能拥有多少年呢！他终于无法释怀，只能久久徘徊了。

这一联象征了对生活中一切美好的追念，对它们不能长久留驻的悲哀，这种人心中普遍的情绪由工丽而清婉的文字传达出来，不动声色地感染了每一位读者，被千古传诵，其深沉的审美意境正是这首词永久的生命力所在。

# 蝶恋花

槛[1]菊愁烟兰泣露。罗幕轻寒，燕子双飞去。明月不谙[2]离恨苦，斜光到晓穿朱户[3]。

昨夜西风[4]凋碧树。独上高楼，望尽天涯路。欲寄彩笺[5]兼尺素[6]，山长水阔知何处？

**【注释】**

①槛：围栏。

②谙：熟悉。

③朱户：红色的窗户。

④西风：就是秋风。

⑤彩笺：用以题咏的精美的纸张。

⑥尺素：古人以尺把长的素绢写信，后用尺素代称书信。

**【内容赏析】**

这首《蝶恋花》也是上片写景、下片写情之作。在这样的作品中，景物都带上了作者的主观情绪。首句“槛菊愁烟兰泣露”，词人认为槛菊因愁而蒙烟、露水是兰花哭泣的眼泪，显然就是因为内心的愁苦。“燕子双飞”更是对因离别而伤怀的“我”的一种刺激，连那高悬的明月也成了怪罪的对象，它不该不懂得人间离别的痛苦，彻夜照着屋内无眠的人，使人无法掩藏伤心与痛苦。清冷的月光下，听着秋风萧萧地吹着落叶，"我"一个人登楼远眺，望穿秋水。"天涯"二字，既指所望之远，亦指相隔之远，"天涯"竟可"尽"，望远之久，内心之苦，溢于言表。这三句王国维在《人间词话》中颇为推赏，将之与《诗经》中之《蒹葭》相媲美，认为它充满悲壮美，并将之作为其论学的三种境界中的第一层。思念既难以排遣，还是写信告诉对方吧，可是无论是哪种联系方式，都因为对方音讯渺茫而无法实现，满纸的离情别恨终只能留在心里慢慢沉淀，等待重会的一天了。

## 踏莎行

小径红稀，芳郊绿遍。高台树色阴阴见[①]。春风不解[②]禁杨花，蒙蒙乱扑行人面。

翠叶藏莺，珠帘隔燕[③]。炉香静逐游丝转。一场愁梦酒醒时，斜阳却照深深院。

【注释】

①阴阴见:暗暗显露。

②不解:不懂得。

③“翠叶”二句:翠绿的树叶已经长得很茂密,藏得住黄莺的身影;燕子为朱帘所隔,不得进入内室。

【内容赏析】

起首“小径红稀”二句写春色将尽,是所谓的“起兴”,也就是以写景的手法为后来的叙事言情铺垫了一个氛围。“春风”二句,将物直拟作人,写自己的心态却不落痕迹,是词中常用的手法。

下片首“翠叶藏莺”三句写人独处时院落之静,往日喧闹的莺莺燕燕都难觅芳踪,这亦是在暗示主人公的内心寂寞。“炉香静逐游丝转”,虽是写物之态,然以极细处着笔,静中有动,不经意间就体现了人的百无聊赖,并进一步强化了寂寞之感。“一场愁梦酒醒时,斜阳却照深深院”,写酒醒之后的景象,酒虽醒然愁未消,“深深”二字,便是作者心中浓愁的曲折写照。

此词细腻委婉,通篇写景而景中寓情,读来让人若有所失,却又不着痕迹,是写相思之词的清隽含蓄之作。

## 浣溪沙

一向[①]年光有限身,等闲[②]离别易销魂,
酒筵歌席莫辞频。

**满目山河空念远，落花风雨更伤春，不如怜取眼前人**[3]**。**

**【注释】**

①一向：一晌，片刻。

②等闲：平常。

③“不如”句：化自元稹《会真记》中崔莺莺的诗：“还将旧来意，怜取眼前人。”

**【内容赏析】**

晏词虽然上承花间词，色彩却不浓重，文意往往清逸婉转，有含蓄蕴藉之美，这首伤别的小词便是如此。

首句写人生有限，所以即使是一场普普通通的别离也轻易就让人有了“销魂”之感。“销魂”，是中国词汇中很美又很形象化的一个词，它常被用来形容一种极深苦又很缠绵的感受。后一句“酒筵歌席莫辞频”，在语意上也就衔接得相当自然。

下片“满目山河空念远，落花风雨更伤春”一联比较精巧，以“满”衬“空”，显出作者因离别而感伤，“更”字，则是睹物思人的结果。这三个关键字使得整联营造出一种惨淡空灵的氛围，让人有不胜唏嘘之感。“不如怜取眼前人”之意，与“酒筵”句一样，都是劝人把握眼前、及时行乐，实际上是对未来的不能预知而流露出的消沉情绪。

# 欧阳修

欧阳修(1007 — 1072),字永叔,号醉翁、六一居士,吉州吉水(今属江西)人。天圣年间进士。官至翰林学士、枢密副使、参知政事。谥文忠。欧阳修可谓是北宋文坛的领袖人物。他主导了北宋的诗文革新,其旨反对宋初绮靡、险怪之文风,主张“明道”、“致用”的文章,并积极培养后进,其文平易流畅,颇富韵致,名列唐宋八大家。他与宋祁等同修《新唐书》,独撰《新五代史》,是重要的史学家,并开宋代笔记文的先声。他亦善论诗,其《六一诗话》为诗话这一新型文学批评形式的发轫,对后世影响颇深。其词承南唐遗风,与晏殊齐名,并称“晏欧”,其中婉丽之处,颇与晏殊相仿;但较晏词,欧词更浓情缠绵。其词亦深受冯延巳影响,其中一些作品与冯氏相混;另有一部分词作却清疏明快,并有仿民间曲子词的《渔家傲》《采桑子》组词等,为北宋前期的重要词家之一。有《六一词》《欧阳文忠公集》。

## 踏莎行

候馆[①]梅残,溪桥柳细,草薰风暖摇征辔[②]。离愁渐远渐无穷,迢迢[③]不断如春水。

寸寸柔肠,盈盈[④]粉泪,楼高莫近危阑倚。平芜[⑤]尽处是春山,行人[⑥]更在春山外。

**【注释】**

①候馆:旅社。

②征辔:征:这里指远行。辔:驾驭马的嚼头和缰绳。

③迢迢:遥远貌,这里有绵延不断的意思。

④盈盈:满眼泪水的样子。

⑤平芜:平坦的草地。

⑥行人:此处指相恋的人。

**【内容赏析】**

此词也是写离愁的名篇。相似题材的词作甚多,但此篇自有它独特的艺术特色。

首先,离别的时间是在“梅残”“柳细”的早春,在这样的大好春光中写离情,应该有些难为吧。且看,起首三句,点明时间、地点、情节,让人感到一丝无可奈何。而作者之笔如有神助,在一片风轻云淡中,突然以行人口吻写下浓烈一笔,“离愁渐远渐无穷,迢迢不断如春水”,让人顿时有无处可逃的窒息之感。将愁喻水,化虚为实,并不是欧阳修的首创,如唐李颀就有“请量东海水,看取浅深愁”之语。而此二句之所以具有深层的感染力,既在于“渐远渐无穷”与“迢迢不断”的反复加强,也在于“春水”之喻。春水,就是冬冰所化之水,一漫开来,便无边无际。且春水是应景之物,既比作了离愁,那么,此愁也就与春风、春草等一体,无处不在了。这就让人强烈感受到愁的欲断不能。

其特色之二,在于下阕与上阕口吻不同,是代闺中的女子所写的。前三句以通常意象写她的哀愁,为何别登高楼呢?“平芜尽处是春山,行人更在春山外”,其妙便是在原本的“界限”之上道出了进一步不可能逾越的鸿沟。望到了春山,“不见行人”是悲;而点出“春山外”,则是在天之尽头仍不可得见，所有的希望顿时落空，其悲更是无穷无尽、无止无休。在一片草长莺飞、生机萌动中，这种希望的破灭带来的伤感尤为深刻。

作者以不长的篇幅写尽春日的别恨，尤其是上下阕各一段画龙点睛的句子，使这首词传唱不衰。

## 蝶恋花

庭院深深[①]深几许？杨柳堆烟[②]，帘幕无重数。玉勒雕鞍[③]游冶处，楼高不见章台[④]路。

雨横风狂三月暮，门掩黄昏，无计[⑤]留春住。泪眼问花花不语，乱红飞过秋千去。

**【注释】**

①深深：言庭院的深广。

②堆烟：被烟雾笼罩。

③玉勒雕鞍：装饰华丽的车马。此处代指乘车的人。

④章台：指游冶之所。

⑤无计：没有办法。

**【内容赏析】**

这首词描绘了一位富贵之家的少妇，因夫婿流连于花街柳巷，而在暮春的深闺之中独自伤感的情景；并将这种伤春的情绪刻画得细致精美，用语浑成，有大家气象。

“泪眼问花”两句历来为人所称颂。《古今词论》中引用毛先舒的话，赞其“层深而浑成”，说：“因花而有泪，此一层意也；因泪而问花，此一层意也；花竟不语，此一层意也；不但不语，且又乱落，飞过秋千，此一层意也。人愈伤心，花愈恼人，语愈浅而意愈入，又绝无刻画费力之迹，谓非层深而浑成耶？”

## 木兰花

别后不知君远近，触目凄凉多少闷！
渐行渐远渐无书[①]，水阔鱼沉[②]何处问？
夜深风竹敲秋韵[③]，万叶千声皆是恨。
故攲[④]单枕梦中寻，梦又不成灯又烬。

【注释】

①书：信。

②鱼沉：相传鱼能传信，故“鱼沉”谓书信不传。

③秋韵：指秋声。欧阳修曾作《秋声赋》，描写西风作、草木零落时，天地间的肃杀之声，并称之为秋声。

④攲：斜倚。

【内容赏析】

此首亦是写闺中少妇的愁怨相思之词。“愁”字乃心上之秋，这首词的情节就发生在秋天。

上片写离人远去而久失音讯。下片“夜深风竹”二句，神来之笔以实写虚。“敲秋韵”三字，写尽萧瑟逼人之气；“皆是恨”，则让人顿有无处可逃之感，深婉动人。虽然似与温庭筠的名句“梧桐树，三更雨，不道离情正苦。一叶叶，一声声，空阶滴到明”有承传关系，却悱恻许多。“梦又不成灯又烬”，是屋漏偏逢连天雨，让人无法可想，只能吞声饮恨。

## 青玉案

一年春事都[1]来几？早过了、三之二。绿暗红嫣浑可事[2]，绿杨庭院，暖风帘幕，有个人憔悴。

买花载酒长安[3]市，又争似[4]、家山[5]见桃李？不枉[6]东风吹客泪，相思难表，梦魂无据，惟有归来是。

**【注释】**

①都：总共。

②浑：全。可事：小事，寻常事。

③长安：这里借指京城。

④争似：怎似。

⑤家山：家乡。

⑥不枉：难怪。

【内容赏析】

此词以俗语入词，使情感直白朴素。

上片写自己在姹紫嫣红中却满面憔悴，下片写原来是一片思乡之情抵得过这万般春光。此情如影随形，连在睡眠中都无可逃避。“相思难表，梦魂无据，惟有归来是”，似是无奈，更是解脱和释然，情感真挚，动人不已。

## 玉楼春

尊前[1]拟把归期说，未语春容先惨咽。
人生自是有情痴，此恨不关风与月。
离歌且莫翻新阕[2]，一曲能教肠寸结。
直须看尽洛城花，始共春风容易别。

【注释】

①尊前：指酒席之上。尊：同“樽”，酒杯。

②翻新阕：谱写新的曲调和歌词。

【内容赏析】

欧阳修在即将离开洛阳的时候，作过几首惜别词，此词为其中较为著名的一首。

“人生自是有情痴，此恨不关风与月”一联，将“情痴”概括为人生所固有的缺陷（恨），并绝对地表示与外物（风与月）无关，是此词最为人所称道之处。

故王国维《人间词话》中说:“永叔‘人生自是有情痴,此恨不关风与月’‘直须看尽洛城花,始共春风容易别’,于豪放之中,有沉着之致,所以尤高。”

## 浪淘沙

**把酒祝东风,且共从容。垂杨紫陌[1]洛城[2]东。总是当时携手处,游遍芳丛。**

**聚散苦匆匆,此恨无穷。今年花胜去年红。可惜明年花更好,知与谁同?**

**【注释】**

①紫陌:指帝都郊野的道路。

②洛城:洛阳。

**【内容赏析】**

此词在内容上可看作是《玉楼春》的“续曲”。

上片明快清朗,追忆当时与恋人携手共游的美好时光。下片则自然转为“聚散苦匆匆,此恨无穷”的喟叹。“今年花胜去年红。可惜明年花更好,知与谁同?”在对旧人怀念的情绪基调上,更有着深沉的哲理意味。

# 张 先

张先(990—1078),字子野,乌程(今浙江湖州)人。天圣八年(1030)进士。晏殊为开封府尹时,曾任命他为通判。官至都官郎中。后以游憩乡里终老。其人疏放,与晏殊、欧阳修、苏轼等人都有交游。其诗工于乐府。其词多写男女之情及自然小景,字句雕琢,喜用铺叙。其小令较隽永清婉。因善用"影"字并多有名句,时人称之为"张三影",对慢词的发展起了一定的作用。词集有《张子野词》。

## 天仙子

时为嘉禾小倅[1],以病眠,不赴府会。

《水调》[2]数声持酒听,午醉醒来愁未醒。送春春去几时回?临晚镜,伤流景[3],往事后期空记省[4]。

沙上并禽[5]池上瞑，云破月来花弄影。重重帘幕密遮灯。风不定，人初静，明日落红应满径。

【注释】

①嘉禾：宋郡名，即秀州。倅：副职。
②《水调》：又名《水调子》，是唐时的流行曲调。
③流景：如流水般逝去的年华。
④"往事"句：往事已过去，再期待后事也是徒然，只是白白记挂着。
⑤并禽：成对的鸟儿，此处指鸳鸯。

【内容赏析】

约仁宗庆历元年，作者在嘉禾（今浙江嘉兴）做判官，年五十二。根据词题，这首词记录的就是这段时间中的一个片段。

"《水调》数声持酒听"，在一次聚会中，大家又像往常一样持酒听歌，满席欢乐，却有人被某种情景所触动，闷闷不乐起来。酒醒后，欢宴的记忆已经模糊了，那种情绪却依然缠绕不去。是为了什么呢，有什么不能释怀？"送春春去几时回？"真是无法解答的问题，原来愁绪是因伤春而起。作者想起春光，想起生命中曾如春光一样美好的年华，它们的匆匆而去、不能重来，给予正渐衰老的词人难以想象的打击。细细端详着镜里苍老的容颜，他只能暗笑自己无法忘却那些已和自己一同苍老的往事。冥想中，天色已暗，池中鸟儿已栖，清风正从云中推出月儿来，更吹得花影婆娑。帘幕后的摇曳灯光，照着作者孤独的身影，看来明早小路上将落红满径啊！

此篇小词由歌酒欢宴写起，“午醉醒来愁未醒”一句过渡得巧妙自然；其下写情绪，“临晚镜，伤流景，往事后期空记省”，流畅婉转。下片又写晚景，“风不定，人初静，明日落红应满径”，以写景之语结句，在精巧的篇幅内蕴涵了极其丰富的内容，给人以无穷之感。

“云破月来花弄影”一句，因“破”“弄”二字的别致生动，写景如画，在当时就受到了推崇，张先更因此句及“浮萍破处见山影”（《华州西溪》）、“隔墙送过秋千影”（《青门引》）而被誉为“张三影”。

# 王安石

王安石(1021—1086),字介甫,号半山,抚州临川(今江西抚州)人。庆历二年进士。神宗朝熙宁年间两度拜相,实行变法,封荆国公,世称王荆公。卒谥文。王安石是北宋著名政治家、文学家、思想家。其散文雄健峭拔,为唐宋八大家之一。诗歌清拔瘦峻,意新语工,尤擅写景小诗。词作不多,风格"瘦削雅素,一洗五代旧习"(刘熙载《艺概》),高古之外,亦间有婉丽之作。文集今有《王文公文集》《临川先生文集》两种。

## 千秋岁引

### 秋景

别馆寒砧[1],孤城画角,一派秋声入寥廓[2]。东归燕从海上去,南来雁向沙头落。楚台风[3],庾楼月[4],宛如昨。

无奈被些名利缚,无奈被他情担阁[5],可惜风流总闲却。当初谩留华表[6]语,而今误我秦楼约[7]。梦阑时,酒醒后,思量着。

【注释】

①寒砧:寒秋时的捣衣声。砧,捣衣石。

②寥廓:辽阔,此处形容天空。

③楚台风:泛指秋风,楚襄王兰台上的风,出自宋玉《风赋》。

④庾楼月:泛指秋月,庾亮南楼上的月,出自《晋书·庾亮传》。

⑤担阁:即耽搁。

⑥华表:略似意见箱,是古代臣民对君主上谏之处。

⑦秦楼约:这里泛指与女子的约会。

【内容赏析】

这首题为“秋景”的词,是临川词中情调比较低沉的一首,为我们解读了这位大政治家、大文学家、大思想家人性中的另一面。

起首“别馆寒砧”三句先写秋景。“东归”一联以燕去雁来渲染秋之气氛,同时也象征了人世更替正如燕雁般劳碌奔波。“楚台风,庾楼月,宛如昨”,连用两个典故,说明了自然界的“风”与“月”是亘古不变的,而如“楚”(楚襄王)和“庾”(庾亮)般曾经功名赫赫的人物,则早已灰飞烟灭了。这些都使得作者在这个萧瑟的秋夜有所思索,他想起了当年自己热衷于功名(“当初谩留华表语”),而不屑于儿女情长(“而今误我秦楼约”)。名利,多少人为之蝇营狗苟的东西,此刻在他的价值观里却比不上一段“风流”的感情。这酒醒梦阑后的反思,色彩如此暗淡,让我们不由揣想,也许此时的王安石,正是处于变法失败后的黯然心境里吧!

# 王安国

王安国(1028—1074),字平甫,抚州临川(今江西抚州)人。王安石之弟。官至大理寺丞、集贤校理。为人耿直,与兄政见不合。王安石罢相后,他亦被夺官,放归田里,一年后即逝去。其词仅存三首,婉丽蕴藉。有《王校理集》,今已佚。

## 清平乐

春晚

留春不住,费尽莺儿语。满地残红宫锦[①]污,昨夜南园[②]风雨。

小怜[③]初上琵琶,晓来思绕天涯。不肯画堂朱户,春风自在杨花。

**【注释】**

①宫锦:宫中特用的锦缎。也泛指较好的锦缎。

②南园:此处泛指园圃。

③小怜:北齐后主高纬宠妃名。此处代指歌女。

**【内容赏析】**

这首小词题为“春晚”,亦是悼春题材,却颇有几处别致的艺术手法。

上片两句一顿，用的都是倒装的手法，有些相似于谜语中的“卷帘格”，想要明了词意，应该从“昨夜南园风雨”往前倒着读。首二句，写人欲留春住而不能，空余怅恨，“费尽莺儿语”一句，巧妙地将人以莺儿的面目委婉出现，让人感叹作者的煞费苦心。其后二句，将落红比作贵重的宫锦，表现了自己的惋惜之情。

下片笔调一转，写了一个琵琶女，赞美她不慕荣华、心性自然，主题油然而出，和悼春的题材结合得十分巧妙。

# 晏几道

晏几道(1038—1110),字叔原,号小山,抚州临川(今江西抚州)人,是晏殊的幼子。其人狷狂,成年时已家道中落。一生在仕途上不得意,曾任颍昌府许田镇监等一些微小的官职。小山词与其父齐名,时称"二晏",内容亦如其父,多写男女之情和四时景物,但身世使得他的词风不完全相似于其父,而是更沉郁悲凉。受五代花间词的影响,他的词也有婉转秾丽的一面,但构句更细致精妙;词中的情感则比其父的"闲情"更深沉真挚。有《小山词》。陈廷焯《白雨斋词话》卷一称小山:"工于言情……而措辞婉妙,则一时独步。"

## 临江仙

梦后楼台高锁,酒醒帘幕低垂。去年春恨却来时,落花人独立,微雨燕双飞。

记得小苹[1]初见，两重心字罗衣[2]。琵琶弦上说相思，当时明月在，曾照彩云[3]归。

**【注释】**

①小苹：歌女名。

②心字罗衣：指薄罗衫上，绣有双重的“心”字。

③彩云：指小苹。

**【内容赏析】**

晏小山与歌女多有交往，对她们充满同情，情谊深厚，小苹便是其中一位。她活泼聪慧，曾与作者一起有过美好的时光，后却流落而不知所终，这首词中便抒写了作者对她的怀念。

上片首二句交代时间，是为梦后、酒醒之时，“楼台高锁”、“帘幕低垂”都是在含蓄地暗示当初的欢宴之所已人去楼空。后三句是一个整体，“去年春恨却来时”，说的是想起去年春天满怀幽恨的时候；“落花人独立，微雨燕双飞”，不知道有多少人被这两句中微妙的内在情愫所感染。前句中有两种伤感的符号，后句却春意盎然。表达的是一年已不知不觉地流逝了，当又一次生命轮回来临之时，自己仍然是一样的孤独、凄凉，同样不变的，还有自己心中的思念。

下片首二句是作者在重温与小苹初见时的情景，“两重心字罗衣”是当时歌女的一种流行装束。后三句又是一个整体，“琵琶弦上说相思”，是说小苹弹奏的琵琶婉转动听，满含深情；“当时明月在，曾照彩云归”，有着比“落花”二句更深沉的情怀：“彩云”，这里就是指小苹，她与自己共度欢娱的时光，曾经有明月相照；如今明月依然，小苹不在，词人于是悲从中来。

通过共同的意象（落花、微雨、双飞燕、明月），于无声中完成时间的交错转换，让人深切感受到“物是人非”的苍凉，是这首词最为显著的艺术手法。

## 蝶恋花

**梦入江南烟水路，行尽江南，不与离人遇。睡里消魂无说处，觉来惆怅消魂误。**

**欲尽此情书尺素，浮雁沉鱼[①]，终了无凭据。却倚缓弦歌别绪，断肠移破秦筝柱。**

**【注释】**

①浮雁沉鱼：传说中雁与鱼皆能传信。

**【内容赏析】**

黄庭坚曾评价晏小山说“叔原固人英也，其痴亦自绝人”“人百负之而不恨；己信人，终不疑其欺己”。我们从小山的词作中不难看出他是个痴情的人，而此首《蝶恋花》中所表达的内容，亦是“其痴亦自绝人”的佐证。

此篇描绘自己对已离去的心上人的相思。作品虽通篇不言“相思”二字，但却能将此种难以言表的深情刻画出来。而“行尽江南，不与离人遇”、“浮雁沉鱼，终了无凭据”两句，则隐约让人联想到黄庭坚的评价。

起首写梦，大约对方已前往江南，他思念成痴，竟然梦中前往寻觅，却终究只是徒劳失望。“消魂”二字，既是指找寻过程中满怀希望的甜蜜，更是指梦醒后孑然一身的惆怅和辛酸。

在下片中，已然书信无望之后，词人终于找到了一个宣泄之处，便是“倚缓弦歌别绪”，真是“琴为心声”了，可是心中愁苦之深可断肠消魂，移遍筝柱也难以排解。以行动写心理，诚挚的情感也自然体现出来了。

## 蝶恋花

醉别西楼醒不记，春梦秋云，聚散真容易。斜月半窗还少睡，画屏闲展①吴山②翠。

衣上酒痕诗里字，点点行行，总是凄凉意。红烛自怜无好计，夜寒空替人垂泪。

**【注释】**

①闲展：寂寞地展示着。

②吴山：画上的江南山水。

**【内容赏析】**

前人曾有语：“小山，古之伤心人也。其淡语皆有味，浅语皆有致。”（见《宋六十一家词选例言》）这既是对小山及他的词知己般的评价，也可以作为此《蝶恋花》概括的评价。

此词也是感伤怀旧之作。全词语淡意浅，没有太深晦难懂的地方，却无处不弥漫着一种凄凉和怅惘的情绪。一语以概之，便是“伤心人也”。

## 鹧鸪天

彩袖[①]殷勤捧玉钟[②]，当年拚却醉颜红。
舞低杨柳楼心月，歌尽桃花扇底风[③]。
从别后，忆相逢，几回魂梦与君同。今
宵剩把银釭[④]照，犹恐相逢是梦中。

【注释】

①彩袖：代指舞女。

②玉钟：玉做的酒杯，借指美酒。

③“舞低”二句：此两句费解，大意是夜晚与这位歌女在花园中的小楼上尽情歌舞。

④银釭(gāng)：油灯。

【内容赏析】

这也是小山怀念他欢乐生活中一位伴侣的词作。

上片先写了当初欢宴的情景，她身着美丽的衣裳，殷勤地斟着酒，“我”则为了美人而不惜一醉。“舞低杨柳楼心月，歌尽桃花扇底风”亦是小山词中的名句，历来以工丽而奇谲见称，虽然不能很明了它的意思，但却可以感受到当时那种歌舞达旦、尽情欢乐的气氛。

下片情感陡转，一句“几回魂梦与君同”将自己与对方的魂牵梦萦描摹得丝丝入扣，小山的无邪之心洞然可见。最后写到意外相逢时，自己的喜不自禁，没有别的言语，只是一个在灯光下久久凝视的动作，让人感叹世事无常中，竟然还能有这样的喜剧相逢。这对身世流离、重情重义的小山来说，是一种多大的安慰啊！

此词写得直朴而毫无忸怩之态，尤其是下片，一气呵成，回肠荡气。

## 鹧鸪天

小令尊前见玉箫[①]，银灯一曲太妖娆。
歌中醉倒谁能恨，唱罢归来酒未消。
春悄悄，夜迢迢，碧云天[②]共楚宫[③]遥。
梦魂惯得无拘检，又踏杨花过谢桥[④]。

**【注释】**

①玉箫：原是姜辅家的一个青衣，这里借指该歌女。
②碧云天：出自江淹《休上人怨别》，这里指美人的遥远。
③楚宫：出自宋玉的《神女赋》，这里是说再见之日的缥缈。
④谢桥：即谢秋娘桥，此处用谢秋娘来指代玉箫。

**【内容赏析】**

这亦是小山的一首著名的怀人词，对象也是一位才艺双绝的叫作“玉箫”的歌女。由于小山特殊的身世，他对这些挣扎在社会最底层的美好人物寄托着深厚的同情和爱恋之心。而他的这类作品，也都写得情真意切，且有名句传世。

这首词记的是在歌筵上与玉箫的一次相逢。小山依约赴宴，在觥筹交错之中，他竟出乎意料地遇见了歌女玉箫。在银灯璀璨之下、歌声曼妙之中，她显得那样俏娆。小山不由得深深地陶醉了，在美妙的歌声中不知不觉就喝到了酒酣耳热。“歌中醉倒”，可见陶醉之深；“唱罢归来”，见出流连之久。

“春悄悄，夜迢迢”，这是小山在曲终人散之后踏上归途的写照，他不断回想着刚才欢宴时的情景，同时又感到下一次相逢之日的渺茫和不可期。“梦魂惯得无拘检，又踏杨花过谢桥”，乃是此词之“眼”，就好像是一幅画中最鲜亮的一笔，哀艳而缠绵地传达出了小山疏狂而深情的个性，传达出了他在落拓公子的表面之下，对感情的异常执着。

当时的著名理学家程颐读到了这两句词时曾大笑地说是“鬼语”。“鬼”者，不是说它是瞎说，而是“鬼斧神工”的意思。能让一本正经的理学家笑而赏之，也是件颇有意趣的事。

## 阮郎归

**天边金掌[①]露成霜，云随雁字长。绿杯红袖[②]趁重阳，人情似故乡。**

**兰佩紫，菊簪黄③，殷勤理旧狂④。欲将沉醉换悲凉，清歌莫断肠。**

**【注释】**

①金掌：指汉武帝为求仙而建的通天台。这里用来点出地点是在京城汴梁。

②绿杯红袖：代指美酒与美女。

③“兰佩”二句：古代重阳有佩秋兰、戴菊花的习俗。

④旧狂：年轻时过节的狂热劲。

**【内容赏析】**

此词从上阕的文意上，便可知道是写于重阳之时；而从词中的情感来看，它应该是小山“曾经沧海”的晚年之作。

张爱玲曾说：“生命是一袭华美的袍，爬满了虱子。”这句话大概能诠释小山此词深处的情感。

“人情似故乡”一句，便温暖而苍凉。毕竟，“绿杯红袖趁重阳”的场面，不禁触动了他的记忆深处，使他想起了年少时“不识愁滋味”、兴冲冲欢度佳节的模样，那是他生命中最为温暖的东西。但是，早已物是人非，一个“似”字，说明了这种回忆在带来安抚的同时，也深深地刺伤了他，使他一下子无可逃避地感伤起来。

下阕主语皆是“我”。“兰佩紫，菊簪黄”，色彩多么鲜亮，情调多么欢跃！然而，“殷勤理旧狂”一出，便是“人生之袍上的虱子”，触目惊心。“旧狂”，就是前文所说的年轻时闹着过节的狂热劲。“殷勤”理之，意味着它已不是自然流露的情感，而是极其刻意的应景作戏。“殷勤”二字，表面上是欢快，骨子里是最沉痛的悲凉，就好像那风平浪静的海平面下汹涌的暗流，未曾经历的少年人不会懂得。这是要强忍多少伤痛的矫情，虽被小山以举重若轻的姿态写来，但沉重却不减分毫。

人生的苍凉，是小山这样的真心人所不能承受的，正因为他感受得如此真切，以致伤痛到无法劝慰自己。在清歌与觥筹交错中，他努力让自己轻松一些。他生怕自己沉醉在已然苍老的往事之中，虽然这是人生最真实的一面。

# 苏　轼

苏轼(1037—1101),字子瞻,号东坡居士,眉州眉山(今四川眉山)人。仁宗嘉祐二年(1057)进士。历官福昌县主簿、大理评事、殿中丞等。神宗时,因反对王安石变法,被派往杭州任通判,后知密州、徐州。元丰二年徙湖州,因被诬诗中"谤讪"朝政而下狱。出狱后贬为黄州团练副使,再徙常州。哲宗即位后,以司马光为首的"旧党"执政,起为翰林学士兼侍读。因不满尽废新法,元祐四年又出知杭州,后徙颍州、扬州、定州。八年,复行新法,又被恶意贬至当时已属"天涯海角"的惠州、琼州等地。徽宗即位,遇赦北还,复朝奉郎,提举成都玉局观。次年卒于常州。谥文忠。

苏轼是北宋中期实际上的文坛领袖,也是中国文学史上巨匠式的天才人物,散文、诗、词、书、画等都有杰出成就。其散文名列唐宋八大家之一。其诗影响了黄庭坚等人,开宋一代诗歌的新风气。其词在他广阔的创作视野下,并协之以少见的自如的驾驭语言的能力,破晚唐五代的闺阁之风,容纳了丰富的社会内容,怀古伤今、咏史咏物、言志说理、抒情叙事,无一不可,扩大了词的表现领域。在形式上他力图使词独立于音律,许多词作雄奇清旷、奔放飘逸,如天风海雨逼人,下启辛弃疾等人,是"苏辛"豪放词派的创始人,对后世文学影响极深。词集有《东坡乐府》。

## 水调歌头

丙辰[1]中秋，欢饮达旦，大醉，作此篇，兼怀子由[2]。

明月几时有？把酒问青天。不知天上宫阙，今夕是何年。我欲乘风归去，又恐琼楼玉宇[3]，高处不胜寒。起舞弄清影，何似在人间。

转朱阁，低绮户，照无眠[4]。不应有恨，何事长向别时圆？人有悲欢离合，月有阴晴圆缺，此事古难全。但愿人长久，千里共婵娟[5]。

【注释】

①丙辰：宋神宗熙宁九年(1076)。

②子由：苏轼的弟弟苏辙。

③琼楼玉宇：指月中宫殿。

④“转朱阁”三句：月光遍照华美的楼阁，低低地透过雕花的窗户，照着因心事而辗转反侧的人。绮户：绮丽的窗户。

⑤婵娟：容颜美好貌，此处指美好的月色。

**【内容赏析】**

胡仔的《苕溪渔隐丛话》中曾说：“中秋词自东坡《水调歌头》一出，余词尽废。”

在介绍这首脍炙人口的中秋词前，有必要交代一下它写作的背景。此词作于熙宁九年，当时苏轼在密州为官，政治上正是低谷，与胞弟苏辙亦有七年未见。宦途的蹭蹬，亲人的远隔，是历来最容易令人伤感的，尤其是在传统意义上的团圆之夜，独酌于圆月之下，心情怎不悲凉！

此词词意本没有什么晦涩之处，但前人多有附会，尤其是“不知天上宫阙”至“高处不胜寒”几句，向来多被理解成是苏轼对于自己政治处境的描述，这当然见仁见智。

这首词之所以有令人叹为观止的艺术成就与艺术感染力，自然是它所浓缩的让人目眩神迷的才气，以及驾驭这股博大才力、使它从不显得刻意的伟大而温厚的人格。在“人生常恨”这样一个沉重的主题前，从没有一个人，能够像他这样表达得如此旷达、飘逸、从容。

正如吉川幸次郎先生所言，是苏轼让文学作品真正摆脱了长久以来习惯地“对悲哀的执着”（见《中国诗史》）。这种摆脱是如此有力，词人在独酌之时，仍然清晰感受到了人生中的美好，清晰地明了这种美好与其他的遗憾是同样存在着的，每个人都会在某些时刻感受到前者，而在另一些时刻承受后者，实在没有必要为此忽喜忽悲啊。在逆境中仍然以长久的、宏观的视角去看待人生的每一个侧面，而不是小儿女态地患得患失，这是一种难得的豁达，也正是词的主题思想。

“人有悲欢离合，月有阴晴圆缺。此事古难全，但愿人长久，千里共婵娟”，这对悲哀如此有美感的参透，安慰了每一个读它的灵魂，尤其在中秋之夜，人月不能两圆的时候，成了最恰当的祝福。

## 水龙吟

### 次韵章质夫《杨花词》①

似花还似非花②，也无人惜从教坠③。抛家傍路。思量却是，无情有思④。萦损柔肠⑤，困酣娇眼，欲开还闭⑥。梦随风万里，寻郎去处，又还被、莺呼起⑦。

不恨此花飞尽，恨西园、落红难缀。晓来雨过，遗踪何在，一池萍碎⑧。春色三分，二分尘土，一分流水。细看来，不是杨花，点点是离人泪。

**【注释】**

①此词约作于元丰三年(1080)。次韵：用原韵且依照其先后顺序作诗词。章质夫：宰相章惇之兄，作了首《水龙吟》咏杨花，苏轼便用章词的原韵也作了一首咏杨花的词。

②“似花”句：描写杨花。梁元帝有诗云：“杨花非花树。”

③从教坠：任它飘坠。

④无情有思：看似无情，却有它的愁思。

⑤萦：谓愁思缠绕。柔肠：喻杨柳柔细的枝条。

⑥“困酣”二句：以困倦的美人眼喻柳眼。古人称初生的柳叶为柳眼。

⑦“梦随”三句：用唐人金昌绪诗意，其《春怨》云：“打起黄莺儿，莫教枝上啼。啼时惊妾梦，不得到辽西。”指莺啼惊醒了梦中寻郎的美人。
⑧萍碎：苏轼《再次韵曾仲锡荔支》自注云：“飞絮落水中，经宿即为浮萍。”

**【内容赏析】**

此词虽为咏物词，相比章词原作而言，苏轼此词有着更多的主观色彩。他将杨花奇特地想象成了一位闺中少妇，虽为和韵之作，却无拘束之痕，历代品评不一。但其刻画细腻、情感浓挚，咏物拟人浑然一体，实在是笔墨高手。尤其是“春色三分，二分尘土，一分流水”，构思巧妙，超凡脱俗，向来共赏。王国维《人间词话》称：“咏物之词，自以东坡《水龙吟》为最工。”

## 江城子

### 乙卯正月二十日夜记梦

十年生死两茫茫①，不思量，自难忘。千里孤坟，无处话凄凉。纵使相逢应不识，尘满面，鬓如霜。

夜来幽梦忽还乡，小轩窗，正梳妆。相顾无言，惟有泪千行。料得年年肠断处，明月夜，短松岗②。

**【注释】**

①两茫茫：指生死相隔，彼此不知。

②松岗：指坟墓所在山地。古人葬地多种松柏。

**【内容赏析】**

这首词为悼亡词中的名篇，写于熙宁八年正月二十日夜，苏轼知密州，此时距他的第一任妻子王弗去世正是十年。

王弗知书达理，与苏轼情意甚悦，她的去世对苏轼打击很大。虽然漫漫十年已经过去了，可是这种伤痛却不曾淡逝，“不思量，自难忘”，情深自是如斯。

他想到阴阳两隔，心爱的妻子与自己虽彼此思念，却互无音讯。只是人事翻云覆雨，纵然能够再见，自己面容憔悴，只怕亦会令她伤心不已。

只是昨晚又梦见了她，还是在旧居的窗下细细梳妆，彼此凝视的刹那，泪如雨下。梦里醒来，心痛如绞，顿时恍然，原来她的埋骨之处，是自己心上最软弱的地方。

他也许能包容人生的每一种缺憾，任何悲剧的打击他总能从容面对。只是这一次，一个懂他的伴儿，永远长眠于“明月夜，短松岗”了，看着他在人世中每一次因“不合时宜”的狼狈而兀自伤痛，彼此无从安慰。这苍凉，使如此豁达、坚强的苏轼，亦“年年肠断”。

## 蝶恋花

### 春景

花褪残红青杏小。燕子飞时，绿水人家绕。枝上柳绵[1]吹又少，天涯何处无芳草。

墙里秋千墙外道。墙外行人，墙里佳人笑。笑渐不闻声渐悄，多情反被无情恼[2]。

【注释】

①柳绵：柳絮。

②“多情”句：谓行人为墙内荡秋千的女子而若有所失。

【内容赏析】

此词亦写暮春之景，伤春情绪隐隐浮动。“枝上柳绵吹又少，天涯何处无芳草”，看似旷达，却深有一种欲说还休的凄凉。

下阕写佳人无意中惹得不相干的行人苦恼而不自知，“多情反被无情恼”的微妙情绪，颇有人生细节处的意趣。

## 鹧鸪天

### 时谪黄州

林断山明竹隐墙，乱蝉衰草小池塘。翻空白鸟时时见，照水红蕖[1]细细香。

村舍外，古城旁，杖藜[2]徐步[3]转斜阳。殷勤昨夜三更雨，又得浮生[4]一日凉。

【注释】

①红蕖：荷花。

②杖藜：拄着藜杖。

③徐步:缓步。
④浮生:老庄谓人生虚浮无定,后便称人生为浮生。

**【内容赏析】**

从题可知,此词作于苏轼贬居黄州期间,据考,大约在元丰六年。此时的词人,开垦了一块数十亩的荒地,唤之“东坡”,并欣然以此为号,过着躬耕而食的艰辛生活而丝毫不芥蒂于心。这首词虽为写景词,却表达出了如此境遇之中词人轻松豁达的心境。

首句“林断山明竹隐墙”,描绘得看似随意,实际上却是精致异常,非有大才力者不能随笔写出。以下几句,以富于视觉感的笔触写周遭的田园风光,色彩丰富鲜明,“镜头”的层次感很强,若有丹青之笔,依样一一画来,便是一幅夏初的美景。

下片转而写词人自身。“村舍外,古城旁,杖藜徐步转斜阳”,塑造了词人闲适而陶然忘机的形象,颇有陶渊明“采菊东篱下,悠然见南山”的意味。在这两位少有的人格伟大而可爱的大文学家眼中,“物”(斜阳、南山等)是“我”所观照的客体,由“我”的眼中望去,一切都显得那么合心意。“殷勤昨夜三更雨,又得浮生一日凉”,是很老到又漂亮的句子,不仅是指它不显经营的文字,更是指它韵味耐久的思想。“殷勤”二字,写出了词人内心的喜悦;“又得浮生一日凉”,则是从眼前的片刻消暑深刻到了人生中的以宁静自处。词人执着地相信着人生总是片云可以致雨,转眼又云开雨收;哀与乐交错而来,无须介怀。无论境遇如何,能够感恩于眼前大自然的美景,才是人生中的无上清凉。

苏轼此词以清凉朴素之语,于无意处写尽人生哲趣,是苏学士旷达之心的独特诠释。虽然在字面之下,隐隐约约有着对贬居生活的愤懑,但却是调侃式的温婉,始终不失风度。更多的,则是美的感受。

# 卜算子

## 黄州定慧院寓居作

缺月挂疏桐[1]，漏[2]断人初静。谁见幽人独往来？缥缈孤鸿影。

惊起却回头，有恨无人省[3]。拣尽寒枝不肯栖，寂寞沙洲冷。

**【注释】**

①桐：梧桐传说为凤凰等鸟的栖息之树。

②漏：漏壶，古代计时的器具，以滴水量来计算时间，故名漏。

③省：知觉。

**【内容赏析】**

此词作于元丰三年，是苏轼初被贬到黄州时所作。此词与苏轼的大部分词作大相径庭，别有一股幽冷寂寥之气，这当然是有原因的。

元丰二年，苏轼被人弹劾，说他在诗中讽刺朝政。这当然是牵强附会之词，但苏轼却几乎因此丧命，这就是历史上著名的“乌台诗案”。

出狱之后，他被贬往黄州，过起了名义上是“官”，实际上是“囚”的生活。这也许是生性超脱豪迈的他生命中最灰暗的一段日子。他甚至在相当长的一段时间内始终战战兢兢，动辄恐得咎。这当然使他非常痛苦，也让他对宦海中的险恶有了深层的恐惧。明白了这些，理解这首词就不难了。

它表现的正是作者孤芳自赏、不入浊流的清傲之心，并曲折委婉地暗示了周遭环境的险恶。其中的“幽人”、“孤鸿”正是词人的自喻。“拣尽寒枝不肯栖”，正好似他的侍妾朝云那一句“一肚子不合时宜”！

# 苏　辙

苏辙(1039—1112),字子由,眉州眉山(今四川眉山)人。仁宗嘉祐二年(1057)与其兄同为进士。历任秘书省校书郎、右司谏、御史中丞、尚书右丞、门下侍郎。因事忤哲宗及元丰诸臣,出知汝州,又谪雷州。徽宗时徙永州、岳州。复太中大夫,后又降居许州。自此离开官场。自号颍滨遗老。谥文定。与其父苏洵、其兄苏轼名列唐宋八大家,合称“三苏”。其文章以策论见长,工诗,能词,有《栾城集》等。

## 水调歌头

徐州中秋

离别一何久?七度过中秋。去年东武[①]今夕,明月不胜愁。岂意[②]彭城[③]山下,同泛清河古汴[④],船上载《凉州》[⑤]。鼓吹助清赏,鸿雁起汀州。

坐中客,翠雨帔[⑥],紫绮裘。素娥无赖[⑦],西去曾不为人留。今夜清尊对客,明夜孤帆水驿,依旧照离忧[⑧]。但恐同王粲[⑨],相对永登楼。

**【注释】**

①东武：即密州(今山东诸城)。

②意：料想。

③彭城：即徐州(今属江苏)。

④"清河"、"古汴"：均古河名。

⑤《凉州》：即《凉州曲》，唐开元时自凉州传入。

⑥帔：披肩。

⑦素娥：指月亮。无赖：无可奈何。

⑧离忧：即离愁。这里指有着离愁的人。

⑨王粲：汉末文学家，曾作《登楼赋》，表达政治失意与思乡的愁绪。

**【内容赏析】**

此词作于熙宁十年中秋。苏辙在与其兄苏轼分别七年后，终于相聚于彭城(今江苏徐州)。两人自小手足情深，这首词便是对欢聚时刻的回忆。

苏辙为人更谨小慎微一些，才力亦不如苏轼。这首词与苏轼同调的那首中秋词相比，情调就显然要低沉一些。

# 秦　观

秦观(1049—1100),字少游,一字太虚,号淮海居士,高邮(江苏高邮)人。元丰八年(1085)进士。元祐初除秘书省正字兼国史院编修。绍圣初因被视为元祐党人而累遭贬,后召还,卒于归途。能诗文,尤工词,词作柔婉工致,音律谐和,是婉约派的一位重要词人,为苏轼所赏,是"苏门四学士"之一。传说苏轼闻其死,伤叹说:"世岂复有斯人乎!"其词多写男女情爱,亦写身世之感,风格清绵婉约,诗风亦与之相近。有《淮海集》《淮海居士长短句》。

## 满庭芳

山抹微云,天连衰草,画角声断谯门。暂停征棹,聊共引离尊[①]。多少蓬莱旧事[②],空回首、烟霭纷纷。斜阳外,寒鸦万点,流水绕孤村。

销魂。当此际,香囊暗解,罗带轻分[③]。谩赢得、青楼薄幸名存。此去何时见也?襟袖上、空惹啼痕。伤情处,高城望断,灯火已黄昏。

**【注释】**

①聊共引离尊：姑且一起举起饯行的酒杯吧。

②蓬莱旧事：据说指在蓬莱遇一歌妓的事。

③“香囊”二句：香囊、罗带均为定情之物。这里指与所恋的歌妓分手。

**【内容赏析】**

此词是少游词的代表作之一，历来为人所赏。

自然不仅仅是因为它有一个雅俗共赏的开头：“山抹微云，天连衰草。”此联甚工，其中以“抹”字写云之舒卷随意、轻盈，以“连”字写秋草惨淡无际，都是宛如天成的神来之笔。之后“画角”一句，点明时间：古代城楼，傍晚吹角；“暂停”二句，说明事件：乃为送别。至此处，词须交代的均已完，底下便是写情，然而少游自是言情高手。

“多少蓬莱旧事”句：旧事如昨，就如黄昏之暮霭，“纷纷”二字，写出往事纷繁，也写出“当时已惘然”；“空回首”，便点出了此二物皆欲寻而无迹，实在是绝妙。“斜阳外、寒鸦万点，流水绕孤村”，不仅连用了四个颇有萧瑟意味的意象，且“全似画境，又觉画境亦难到”（周汝昌语）的凄艳，音节和意象组合十分熨帖，“三、四、五”地读来，便似有袅袅余音。

“销魂。当此际”是倒置格，也就是将最有分量的词放在句首。“伤情处，高城望断，灯火已黄昏”句，亦可见“全似画境，又觉画境亦难到”的功力。全词有多处带伤情意味的字眼，却以此处最浓。“望断”二字，与片首呼应，到此刻主人公方正式现身，既是写实，也是在写心情的凄凉不可言。“灯火已黄昏”，更满是无可奈何的怅惘，词人情伤之至，纵登高望远，所见处仍是伤感之物。既写实，细细读来，方知又在写实中满寓内心纷乱的情感，使情、景莫可分，如此才是名笔高手。

# 鹊 桥 仙

纤云弄巧[①]，飞星[②]传恨，银汉[③]迢迢暗度。金风玉露[④]一相逢，便胜却人间无数。

柔情似水，佳期如梦，忍顾[⑤]鹊桥归路。两情若是久长时，又岂在朝朝暮暮。

**【注释】**

①纤云弄巧：传说中织女能将云彩织成巧妙的图案。

②飞星：流星飞动，似为牛郎织女传递离愁别恨。

③银汉：银河。

④金风玉露：秋风白露。

⑤忍顾：怎忍回顾。

**【内容赏析】**

此为秦观广为人知的一首名作。其旨如词调名，是有关七夕中牛郎织女相会的传说。其中写景部分用笔细腻精巧，如首句中的“弄巧”“传恨”“迢迢暗度”等，颇能见作者匠心。写情更是缠绵入里，其“金风玉露一相逢，便胜却人间无数”“两情若是久长时，又岂在朝朝暮暮”，更是为时人与后人所共赏的名句。

# 黄庭坚

黄庭坚(1045—1105),字鲁直,号山谷道人,又号涪翁,洪州分宁(今江西修水)人。治平四年进士,以校书郎为《神宗实录》检讨官,迁著作佐郎。后以修实录不实等罪名遭贬,死于贬所。"苏门四学士"之一。于诗推崇杜甫,提倡"无一字无来处"与"脱胎换骨""点铁成金",讲究修辞造句,这形成了他奇硬瘦拗的独特风格,在当时影响很大,开创了江西诗派。能词,擅行、草书,为"宋四家"之一。有《山谷词》等。

## 清平乐

春归何处?寂寞无行路。若有人知春去处,唤取归来同住。

春无踪迹谁知?除非问取黄鹂。百啭无人能解,因风飞过蔷薇。

**【内容赏析】**

黄山谷之词,历来毁誉参半,既有称赞其"唐诸人不逮也"的(见胡仔《苕溪渔隐丛话》),也有说其是门外汉、"自是著腔子唱好诗"的。可以说是各有道理,因为在黄山谷的词中,作品的高下的确悬殊,而对同一首词众人的褒贬也并不一致。唯一例外的,可能就是这首以

“惜春”为主题的《清平乐》，因为它确实清奇隽永，情趣盎然。

此词上下片的首句均以设问之句自问自答，这当然并不出奇，奇的是它所问答的内容。

“春归何处？”问得人哑然失笑，这真好像一个情到深处的痴人问出来的话。“若有人知春去处，唤取归来同住”二句，看似是回答了前面的问题，而实际上未答，却把恋春的情结推向了高潮。

下片“春无踪迹谁知”，词人想到了一个绝妙的答案——“除非问取黄鹂”，的确是有道理的。于是好像一切的烦恼都可以得到解决了。可是，黄鹂百啭，似有所诉，却“无人能解”，这不由让人在失望之余更多了几许怅恨。春啊，留你，就这么难吗？！黄鹂飞过蔷薇，乃是因为盛夏已至，蔷薇花开，则待春又须再等明年了。可是词人仍然不甘心，故说它是“因风”，“因风”二字，巧妙天成，而又诗趣盎然。

“惜春”之词何其多，而此词仍然有其独特之处，其中情绪的一波三折，让人久久回味。

# 赵令畤

赵令畤(1061—1134),初字景贶,苏轼为之改字德麟,自号聊复翁,涿郡(今属河北)人。燕王德昭玄孙,绍圣初,袭封安定郡王,迁同知行在大宗正事。其词风与秦观相似,清柔婉丽。著有《侯鲭录》《聊复集》。

## 蝶恋花

欲减罗衣寒未去,不卷珠帘,人在深深处。红杏枝头花几许?啼痕止①恨清明雨。

尽日沉烟②香一缕,宿酒③醒迟,恼④破春情绪。飞燕又将归信误,小屏风上西江⑤路。

**【注释】**

①止:只。

②沉烟:燃着的沉香。

③宿酒:昨夜喝的酒。

④恼:撩惹。

⑤西江：古诗词中用来泛指江河。

【内容赏析】

此词亦是写闺中思人。

“啼痕止恨清明雨”，明明是衣上的泪痕，却说是清明雨水之痕。既写出女子的娇羞，将泪水说成清明的雨水，又寓意思念之情似断还续、让人断魂。

“小屏风上西江路”，“西江”二字，显然是那人所处的地方，也是女主人公情思所系之处，可是却只在屏风之中。词到此戛然而止，空气中仿佛凝聚着无尽的怅恨。

# 贺　铸

贺铸(1052—1125),字方回,号庆湖遗老,卫州(今河南卫辉)人。宋太祖孝惠皇后族孙。曾做过泗州、太平州通判。晚年退居苏州,长于度曲,好以旧谱填新词而易调名,谓之“寓声”。其词多刻画闺情离思,亦有感叹身世及纵酒之作,风格多样,秾婉处有如小山,激烈处不下苏轼。张耒在《东山词序》中曾指出其词有盛丽、萧索、悲壮等几个方面,黄庭坚对其词作亦评价甚高。他善于锤炼字句,并常用古乐府及唐人诗句入词,情深语工,是北宋后期的一个重要词家。有《东山词》《庆湖遗老集》。

## 青玉案

凌波[1]不过横塘[2]路,但目送、芳尘[3]去。
锦瑟华年[4]谁与度?月桥花院,琐窗[5]朱户,
只有春知处。

飞云冉冉[6]蘅皋[7]暮，彩笔新题断肠句。
试问闲情都几许[8]？一川烟草，满城风絮，
梅子黄时雨[9]。

【注释】

①凌波：语出曹植《洛神赋》："凌波微步。"用以形容美人步履的轻盈。

②横塘：大塘名。

③芳尘：美人经过时扬起的尘土。这里是说美人远去了。

④锦瑟华年：指美好的岁月，语出李商隐《锦瑟》诗："锦瑟无端五十弦，一弦一柱思华年。"

⑤琐窗：雕有连琐形花纹的窗。

⑥冉冉：流动貌。

⑦蘅皋：长着香草的水边高地。蘅：杜蘅，香草名。

⑧都几许：总共多少。

⑨"一川"三句：一川，满地。江南阴历四五月，梅子成熟间多雨，称为梅雨。罗大经《鹤林玉露》卷七解释说"盖以三者比愁之多也"。此为千古佳句。

【内容赏析】

此是贺铸最为著名的一首词。因其中"梅子黄时雨"的句子，贺铸被称为"贺梅子"，可见它流传之广。

词本身是写自己对美人的倾慕，但历来评家多以为有所"寄托"，认为是作者用来喻自己在仕途上的失意。贺铸虽然曾娶宋宗室之女为妻，但他生性耿直，且相貌不扬，故官场、情场都不得意。理解成单纯地抒情或者认为是有所"寄托"，都是可以的。

“试问闲情都几许？”这首词的绝妙之处便在于以下三个句子的答案：“一川烟草，满城风絮，梅子黄时雨。”

这种手法被称为“博喻”，也叫“联珠譬喻”，是连用几个喻体来形容本体的不同特点。“烟草”“风絮”“梅雨”，都有漫漫不断的特点，但又有所不同：“一川烟草”，是形容“闲情”无处不在；“满城风絮”，是形容其纷乱无绪；“梅子黄时雨”，指“闲情”似断还续。如此个性、形象化的“闲情”，实在是很打动人的。黄庭坚就曾把它称为“江南断肠句”。

# 周邦彦

周邦彦（1056—1121），字美成，号清真居士，钱塘（今浙江杭州）人。徽宗时为徽猷阁待制，提举大晟府（音乐机构）。精通音律，曾自创不少新词调，对词乐的发展有一定的贡献。词作写闺情、羁旅、景物。格调严谨，语言精工典雅，雕琢词意，刻画入微，长调尤擅铺叙，为后来格律派词人所宗。王国维便称其为“词中老杜”。今存《片玉集》。

## 苏幕遮

燎[①]沉香，消溽暑[②]。鸟雀呼晴[③]，侵晓[④]窥檐语。叶上初阳干宿雨[⑤]，水面清圆[⑥]，一一风荷举[⑦]。

故乡遥，何日去？家住吴门[⑧]，久作长安旅[⑨]。五月渔郎相忆否？小楫轻舟，梦入芙蓉浦[⑩]。

**【注释】**

①燎：烧。

②溽（rù）暑：潮湿闷热的夏天。

③呼晴：呼唤晴天的到来。

④侵晓：天刚亮时。侵：近。
⑤宿雨：昨夜的雨。
⑥清圆：是形容荷叶的颜色清润，外形圆巧可爱。
⑦"一一"句：荷叶在晨风中，一张张地高挺着。
⑧吴门：属苏州。
⑨"久作"句：却久久逗留在京城。这里借汉、唐故都长安指宋朝汴京。
⑩"小楫"二句：指做梦乘小船划进了故乡的荷花塘。

**【内容赏析】**

此词上片写夏日小景，下片写故乡之忆，是清真词中不可多得的清新恬淡之作。

上片写作者燃香消暑，"鸟雀呼晴"二句，生动可爱。此时正雨散云收，圆润的荷叶亭亭玉立于清澈的水面之上，宛如少女。"叶上初阳干宿雨"三句，写的就是此幅图画。王国维《人间词话》称它们是"真能得荷之神理者"，原因就是"水面清圆，一一风荷举"写了荷花的形态，也写出了它清脱秀丽的神韵，"若有意，若无意，使人神眩"（周济《宋四家词选》）。

下片写情，却依旧清淡，一句"五月渔郎相忆否"就巧妙地淡化了浓烈的思乡情绪。最后写梦中行舟，入故乡的荷花池塘，依然是写得毫不着力，而自有情致。

# 周紫芝

周紫芝(1082—1155),字少隐,号竹坡居士,宣城(今属安徽)人。高宗绍兴十七年为右迪功郎敕令所删定官。历任枢密院编修、右司员外郎。绍兴二十一年出知兴国军。以诗著名,不事堆砌,自然清畅。词风与之相近,清丽婉曲。著有《太仓稊米集》《竹坡诗话》《竹坡词》。

## 鹧鸪天

一点残红欲尽时,乍凉秋气满屏帏。梧桐叶上三更雨,叶叶声声是别离。

调宝瑟,拨金猊[①],那时同唱《鹧鸪词》[②]。如今风雨西楼夜,不听清歌也泪垂。

**【注释】**

①金猊：此指狮形香炉。

②《鹧鸪词》：即词调《鹧鸪天》。

**【内容赏析】**

这首小词写雨夜怀人，词中运用了今昔对比的手法，情感随着思绪而忽悲忽喜，颇能代表竹坡词"清丽婉曲"（孙竞语）的特色。

首句写残余的灯火使初秋的气氛更加凄迷，兼逢秋雨，更让人思绪万千。"梧桐叶上三更雨"两句，显然是化自温庭筠《更漏子》中"梧桐树，三更雨，不道离情正苦。一叶叶，一声声，空阶滴到明"的词意，点出"别离"的主题。

下片写"那时"之忆，一"调"、一"拨"、一"同唱"，欢乐的情绪油然而生。"如今"二字，情绪陡转，"风雨西楼夜"，更觉凄凉逼人。所谓"睹物伤情"，可是"不听清歌也泪垂"，却是情到深处，身不由己的写照。

此词虽写男女之情，却不事雕琢，情感虽深，自在词意之中，是篇通透的佳作。

# 毛　滂

毛滂(约1061—约1124),字泽民,衢州江山(今属浙江)人。元祐间任杭州法曹(司法官),曾受知于苏轼。政和年间,任秀州(今浙江省嘉兴市)知州。词风受苏轼、柳永等影响,婉秀中有疏朗之气,自成清圆明润一格,并影响了姜夔、张炎、陈与义等人。有《东堂集》《东堂词》。

## 临江仙

都城元夕

闻道长安灯夜好,雕轮①宝马如云。蓬莱清浅对觚棱②,玉皇开碧落③,银界失黄昏。

谁见江南憔悴客?端④忧懒步芳尘。小屏风畔冷香凝,酒浓春入梦,窗破月寻人。

【注释】

①雕轮:指华美的马车。

②觚棱:宫殿屋角上的瓦脊。

③碧落:天空,道家用语。

④端:多,深。

**【内容赏析】**

此词是作者因文字之罪，待罪于河南旅舍时，为记京都汴京的元宵佳节而作。

词上片写佳节之夜京都繁华喧闹的景色，但起首的“闻道”二字，便有凄凉之意，表示一切繁华与己无关，自己只是听说是如此而已。

下片直接抒情，写自己落魄的情形以及对家人的思念。“酒浓春入梦，窗破月寻人”一联，不仅精工，而且手法奇巧，万千情绪都寓于其中，实可谓是词中之“眼”。

# 谢逸

谢逸(1068—1113),字无逸,号溪堂,临川(今属江西)人。少孤,博识而有文名。屡试不第,遂以诗词自娱。曾作蝴蝶诗三百首,世称“谢蝴蝶”。有《溪堂词》。

## 江城子

杏花村馆酒旗风[①]。水溶溶,飏残红[②]。野渡舟横[③],杨柳绿阴浓。望断江南山色远,人不见,草连空[④]。

夕阳楼外晚烟笼。粉香融,淡眉峰[⑤]。记得年时,相见画屏中。只有关山今夜月,千里外,素光同[⑥]。

【注释】

①“杏花”句:应化自杜牧《清明》之“借问酒家何处有,牧童遥指杏花村”。

②飏残红:风卷起落花。

③野渡舟横:化自韦应物《滁州西涧》之“春潮带雨晚来急,野渡无人舟自横”。

④草连空:青草一直绵延到天边,借以表示人渐渐远去,在天际处消失。
⑤淡眉峰:指女子淡妆。
⑥“只有”三句:化自谢庄《月赋》。

**【内容赏析】**

谢逸此词，虽然几乎每句都化用了前人的诗句，但意境清远浑然,宛然天成。其中写景如画,写人则寓于虚景之中,“记得年时,相见画屏中”二句,虚实变化,景在情至,自然流畅,可见作者的功力。

《复斋漫录》中说,此词自作者题于黄州杏花村馆壁上后,每过之人,必索纸笔以录之,可见它的艺术感染力。

# 赵　佶

赵佶(1082—1135),即宋徽宗,神宗之子,哲宗时封端王,1100—1125年在位执政。任用佞臣蔡京、童贯等人,穷奢极欲,广修宫殿,滥增捐税,以致国势日危,全国各地都爆发了农民起义。宣和七年(1125),金兵南下,年底传位于其子赵桓(钦宗),自称太上皇。靖康二年(1127)被金兵所俘,死于五国城(今黑龙江省依兰)。其人书、画、词、赋、乐等均有造诣,在位时广收书画古玩,并使文臣编辑多本书画典籍。平生著作极多,可惜均已散佚。仅存画作《芙蓉锦鸡》《池塘秋晚》等图。有词集《宋徽宗词》。

## 宴山亭

### 北行见杏花

**裁减冰绡[①],轻叠数重,淡著[②]燕脂[③]匀注。新样靓妆,艳溢香融,羞杀蕊珠宫[④]女。易得凋零,更多少、无情风雨。愁苦,问院落凄凉,几番春暮?**

凭寄离恨重重，者[5]双燕，何曾会人言语？天遥地远，万水千山，知他故宫何处？怎不思量？除梦里、有时曾去。无据[6]，和梦也新来[7]不做。

**【注释】**

①冰绡：洁白的生丝绸。绡：生丝织就的薄绸。
②著：附着、涂上的意思。
③燕脂：即胭脂。
④蕊珠宫：天上的宫阙名。
⑤者：即“这”。
⑥无据：无所依据。
⑦新来：近来。

**【内容赏析】**

此词作于赵佶与他的儿子钦宗被金兵俘往北方的路上。

上片写杏花的香艳，赞美它的“新样靓妆”远胜天宫中的仙女，接着便感伤它的凋零。在这里，杏花引起了他的身世之感。

下片便直抒胸臆，情绪层层叠进，满腔悲凉，溢于纸上，写的是失国皇帝的被掳之痛。

作者的文学才华及身世遭遇，均与李后主相似，而这首《宴山亭·北行见杏花》，也向来被视为与《虞美人》一般的人生血书。他们出色的文学才华，以及词中因跌宕的人生遭遇而成就的凄美，足以使后人传唱千古。

# 李清照

李清照(1084—约1151),号易安居士,齐州章丘(今山东章丘西北)人。著名学者李格非之女。她十八岁嫁宰相赵挺之之子、金石考据家赵明诚为妻。两人情趣相契,常作词章唱和,并购集了大量金石书画,共同赏玩研究,故她的前期生活可谓美满优裕。金兵南渡之后,两人流寓南方,不久赵明诚病死,她在生活和精神上都陷入了孤苦无依的境地。

李清照工诗能文,其词尤美,韵调精工谐婉,词意清新雅丽,并工于造语,常有精奇的独创意象,艺术技巧很高,人称之为"易安体",是宋朝婉约派一大家,并有一部分精致豪放之作。以南渡为界,前期词多写闺情相思,后期则词风为之一变,充满了国破家亡的沉痛之感,凄哀入骨,有了更深的社会意义。其所作的《词论》,从协音律、重典雅的角度品评晚唐以来词人,并多有指摘。后人辑有《漱玉词》,今有中华书局之《李清照集》。

## 如梦令

昨夜雨疏风骤,浓睡不消残酒。试问卷帘人[①],却道海棠依旧。知否?知否?应是绿肥红瘦[②]。

【注释】

①卷帘人：指卷起帘子的侍女。

②绿肥红瘦：叶子肥绿，花朵凋残。

【内容赏析】

这是易安词中一首著名的小令。全词以白描手法道来，迥然有别于一般的惜花词，丝毫不觉雕琢之痕。“知否？知否？应是绿肥红瘦”，新奇别致，可洞见作者婉转善感的心和精到的文字功力。

## 凤凰台上忆吹箫

香冷金猊，被翻红浪①，起来慵自梳头。任宝奁尘满，日上帘钩②。生怕离怀别苦，多少事、欲说还休。新来瘦③，非干病酒④，不是悲秋。

休休⑤，者⑥回去也，千万遍《阳关》⑦，也则难留。念武陵人⑧远，烟锁秦楼⑨。惟有楼前流水，应念我、终日凝眸。凝眸处，从今又添，一段新愁。

【注释】

①被翻红浪：红色的锦缎被子已经被掀开了，凌乱如浪。

②日上帘钩：阳光已经照到比人还高的帘钩上了。

③新来瘦：近来消瘦。

④干病酒：与酗酒有关。
⑤休休：算了算了。
⑥者：即“这”。
⑦《阳关》：即王维的《送元二使安西》，古人送别时常唱此曲。
⑧武陵人：出自陶渊明的《桃花源记》，这里指远方的爱人。
⑨秦楼：即凤凰台，相传为秦穆公女弄玉与其夫萧史乘凤离去前所居之所。

**【内容赏析】**

此词写于作者早年与丈夫赵明诚的一次分别后。古今已经被写过无数遍的闺思和离愁，在易安的笔下仍充满了一唱三叹之美。

起首写自己懒于梳妆，乃是闺怨词中常见的表达。下面连写两句“多少事、欲说还休”“新来瘦，非干病酒，不是悲秋”，委婉曲折，极尽蕴藉之美。

下片“休休”二字，使这种不曾言明的苦恼更甚。之后连用三个典故，方才使这种朦胧的情感清晰起来。“惟有”之下，情绪缠绵痴缓，韵节亦回环反复，令“新愁”渐渐浓烈到极致。一位深挚秀雅的女子，如此渐渐明晰在读者眼前。

## 一剪梅

红藕香残玉簟①秋。轻解罗裳，独上兰舟。云中谁寄锦书②来？雁字回时，月满西楼。

花自飘零水自流。一种相思，两处闲愁。此情无计③可消除，才下眉头，却上心头。

**【注释】**

①簟：竹席。

②锦书：这里指来信。

③无计：没有办法。

**【内容赏析】**

李易安是写“闺情”与“闲愁”的高手。她的许多传世名句大抵出于此，可是却又让人屡屡折服于她精妙绝伦的遣词琢句、婉转和谐的音节韵律，和词中流动的一唱三叹的相思之情。这首著名的《一剪梅》，便是如此。

首句“红藕香残玉簟秋”，便是颇耐咀嚼之词。“红藕香残”，是点明时节已秋；“玉簟秋”，看似与前面的词意重复，实际上有着更深一层的含义。竹席本身就微凉，而此时却给人以“秋”之感，是因为作者心中的凄冷悲伤，这就把她独居一室的景况含蓄曲折地表现出来了。“轻解罗裳，独上兰舟”，词人是在说自己因为无法忍耐独守空房，于是外出乘舟游玩。可是，从情绪上我们分明可以感知到字里行间透露出来的无精打采。“云中谁寄锦书来”，看似疑问，实际上答案已不言自明，我们甚至能体会到她在说这句话时喜悦的语气。“雁字回时，月满西楼”，则是词人在设想收到“他”来信时那一刻的情景：应该是在大雁飞回来的时候吧，那时月华如水，倾泻在西楼之上。多么华美的画面，它所表现的是易安对这封来信的珍重。而这三句话从音韵上品味亦是回旋委婉，清朗动人。

下片起首一句“花自飘零水自流”，思绪便从想象中回到了兰舟之上。“一种相思，两处闲愁”，真是绝妙之笔，而且这种好处要细细体味方得。“一种相思”，自然是说夫妻间的离别之思；而“两处闲愁”之意，则是在说，由于消息难通，连相思也无从倾诉，只能两人各自愁着。这份意思又与前句中的两个“自”字相对应，方才让人感觉出了作者的苦心经营。后面的“此情无计可消除”，写相思之情萦怀于心难以排解，本是意料之中的事，但“才下眉头，却上心头”八字，真有绕梁三日、余香满口的艺术效果，与前面的“一种相思，两处闲愁”一起，语言上灵动而对称，产生了含蓄而生动的美感，在情绪上带来一种似矛盾但又统一的效果。

这首词虽然只是首写“闺情”的小词，但语美情深，是易安词中的杰出之作，历代称誉有加。《两般秋雨庵随笔》中赞“红藕香残玉簟秋”七字，说“便有吞梅嚼雪，不食人间烟火气象”，其实全词又何尝不是这样呢。

# 醉花阴

薄雾浓云愁永昼，瑞脑消金兽[①]。佳节又重阳，玉枕纱厨，半夜凉初透。

东篱[②]把酒黄昏后，有暗香盈袖。莫道不消魂，帘卷西风，人比黄花瘦。

【注释】

①瑞脑消金兽：兽形的铜薰炉里点着香料。瑞脑：即龙脑，香料名。

②东篱：陶渊明《饮酒》中有“采菊东篱下，悠然见南山”之句，后世便以“东篱”代指菊花圃。

【内容赏析】

据词意可知，此篇写于重阳之时，虽是佳节，可是李清照却正与赵明诚分别。故此词全无热闹气氛，是一首幽怨的闺词。

全词之“眼”在下片。“东篱把酒黄昏后，有暗香盈袖”之清雅，颇堪体味。“莫道不消魂，帘卷西风，人比黄花瘦”三句，更是以淡语写刻骨相思，有“黯然销魂”之妙。

伊世珍《琅嬛记》中载道：“易安以重阳《醉花阴》词函致明诚。明诚叹赏，自愧弗逮，务欲胜之。一切谢客，忘食忘寝者三日夜，得五十阕，杂易安作以示友人陆德夫。德夫玩之再三，曰：‘只三句绝佳。’明诚诘之，答曰：‘莫道不消魂，帘卷西风，人比黄花瘦。’正易安作也。”

# 声声慢

寻寻觅觅，冷冷清清，凄凄惨惨戚戚。乍暖还寒时候，最难将息[①]。三杯两盏淡酒，怎敌他、晚来风急？雁过也，正伤心，却是旧时相识。

满地黄花堆积，憔悴损，如今有谁堪摘！守着窗儿，独自怎生得黑[②]？梧桐更兼细雨，到黄昏、点点滴滴。这次第[③]，怎一个愁字了得！

**【注释】**

①将息：调养休息。

②怎生得黑：怎么耐到天黑。

③这次第：这些情况。

**【内容赏析】**

这首词被普遍认为是李清照的晚年力作。此词以它独特的艺术手法和感染力，描绘出词人凄凉孤苦、彷徨无依的境遇，达到了很高的艺术成就，历代选易安词，一般都会收入此作。

开头连用七对叠词，就是千古叹赏的佳句。这种奇异的组合，不仅在音节上有“珠玉落盘”的效果，那种扑面而来、一泻而下的愁苦，更让人心恻不已。“乍暖还寒时候”两句，更加深了这种本已到达极致的愁苦。以后的“三杯两盏淡酒，怎敌他、晚来风急”与“雁过也，正伤心，却是旧时相识”，则是一层更进一层地把她推往更深更暗的境地。读者看到的，不是她满脸的泪水，而是欲哭无泪的表情。这位清傲的女子，有着“才下眉头、却上心头”的善感之心，连飞雁也能惹得她一阵酸楚，在乱世中，她又如何自处呢？

下片则转而写景。词人独守着窗儿，而那刻又偏偏是“冷雨敲窗不可听”。这点点滴滴，简直就是生生地打在她的心上，没完没了，真是“欲说还休”啊。词人坚强的性格让她不愿再细吐真情，以“怎一个愁字了得”结句，使我们始终没有看到她的号啕之泪，但那种无声之咽，更让人觉着有莫大的凄凉，为之心颤。

此词用的是近乎口语化的语言，以精湛的艺术手法白描复杂难言的情感，细腻深沉，使词人难以言说的内心情绪层次饱满、韵致缠绵。其所表达的个人在家国之痛中的无助，久久打动着读者，实在是婉约词中不可多得的佳作。

# 吕本中

吕本中(1084—1145),原名大中,字居仁,世称东莱先生,寿州(今安徽寿县)人。绍兴六年(1136),以曾祖公著恩授承务郎,赐进士出身,历官中书舍人、权直学士院等。因忤秦桧而罢官。其诗颇受黄庭坚、陈师道等影响,为江西诗派的著名诗人,诗风灵快明畅。其词则较婉丽,也有悲慨时局、叹家国沦丧的沉郁之作。有《东莱诗集》《紫微诗话》《江西诗社宗派图》。后人赵万里辑有《紫微词》。

## 采桑子

恨君不似江楼[1]月,南北东西。南北东西,只有相随无离别。

恨君却似江楼月,暂满还亏[2]。暂满还亏,待得团圆又几时?

**【注释】**

①江楼:江边之楼。

②暂满还亏:暂时团圆了,隔天又缺损(不团圆)了。

**【内容赏析】**

此词写思妇之怨，别出心裁地以“江楼月”作比，一比赞月“只有相随无离别”，一比怨月“待得团圆又几时”——同样一个“江楼月”，却象征了不同的含义，又同样表达了“恨君”这一感情，虽恨实爱，爱恨交织，十分别致新颖。

另外，此词语言富有民歌风味，“南北东西，南北东西”、“暂满还亏，暂满还亏”反复吟唱，使主题得以强调，是又一个鲜明的艺术特色。

# 朱敦儒

朱敦儒（1081—1159），字希真，号岩壑老人，洛阳（今河南洛阳）人。早年以清高自许，不愿为官。绍兴二年（1132），始应朝廷召，赐进士出身，历任秘书省正字、两浙东路提点刑狱等。后依附秦桧，任鸿胪少卿。桧死，遂遭罢免。其作品多远离现实，写自然景色与闲适生活，词调婉丽清畅，但也有一部分感愤忧乱之作，格调悲凉，大抵作于其中年。著有《岩壑老人诗文》，已佚。今有词集《樵歌》，一名《太平樵唱》，共三卷。

## 好事近

### 渔父词

摇首出红尘①，醒醉更无时节。活计②绿蓑青笠③，惯披霜冲雪。

晚来风定钓丝闲，上下是新月。千里水天一色，看孤鸿明灭④。

**【注释】**

①红尘：此处指官场。

②活计：生计，生活的办法。

③绿蓑青笠：化自张志和《渔歌子》中的“青箬笠，绿蓑衣”。
④明灭：形容或隐或现。灭：指消失在远空。

【内容赏析】

朱敦儒在宋高宗绍兴十九年（1149）归隐后，长期生活在嘉禾（今浙江嘉兴）城南的一座别墅内。其间他先后用《好事近》词调写了六首渔父词。

这里所谓的“渔父”形象，其实就是作者自身。其写人、写景，都是上乘之笔，“晚来风定钓丝闲，上下是新月”，更是雅淡的笔法，只是这种描写世外桃源式生活的作品，在国势日危的当时，不免有太过消极的嫌疑了。

# 岳飞

岳飞（1103—1142），字鹏举，相州汤阴（今属河南）人。家世务农。少年时入伍，英勇善战，屡建奇功，历任少保，河南、河北诸路招讨使，枢密副使，封武昌郡开国公。力主抗金、恢复中原，反对秦桧等的议和、投降主张，被秦氏以“莫须有”罪名害于风波亭。孝宗时追谥武穆。宁宗嘉定四年追封为鄂王。岳飞是我国历史上著名的军事家、战略家、民族英雄，位列南宋中兴四将之首。能诗词，但大多已散佚。著有《岳武穆集》。

## 小重山

昨夜寒蛩①不住鸣，惊回千里梦，已三更。起来独自绕阶行，人悄悄，帘外月胧明。

白首为功名，旧山②松竹③老，阻归程。欲将心事付瑶琴④，知音少，弦断有谁听？

**【注释】**

①蛩：蟋蟀。

②旧山：家乡的山，借指家乡。

③松竹:原指松与竹。这里用来比喻沦陷区的不屈的民众。
④瑶琴:名贵的琴,这里作琴的美称。

**【内容赏析】**

绍兴八年(1138),秦桧把持的南宋朝廷,终于向金屈辱议和,签下了丧权辱国的协议。此时,对岳飞而言,收复失地的理想已成泡影;而投降派一手掌控的朝廷,对这位爱国名将来说,更可谓是处处险恶。这首《小重山》,用的是含蓄、委婉的笔法,写的正是此种环境下作者的苦闷心境。

上片起首三句点明时间,"惊回千里梦",含义颇丰。千里之外的"旧山",正是广大的中原沦陷区,尽早收复失地的梦想,却在这样一个寒夜,被蟋蟀的鸣叫声惊醒。字面意义如此,而隐含在文字背后的深沉慨叹,可谓沉痛之极。

下片"旧山松竹老",是说在沦陷区苦苦挣扎的人民,就像傲寒的松竹那样不屈,可是,一个"老"字,概括了他们"遗民泪尽胡尘里"的斑斑血泪。"弦断有谁听",正是这位英雄自身艰难境遇的写照。

此词沉郁低回、曲折含婉、比喻蕴藉,有着强烈的艺术感染力。

# 张孝祥

张孝祥(1132—1170),字安国,号于湖居士,历阳乌江(今安徽和县)人。绍兴二十四年(1154)进士,廷试第一名。因触犯秦桧被下狱,次年秦桧死,授秘书省正字。孝宗时,任中书舍人。后为建康(今南京市)留守,因赞助张浚北伐,被主和派免职。后又起复,历任地方官,治水有政绩。其早期词多清婉之作;南渡以后,风格渐近苏轼,转为豪迈悲凉,颇有一些反映现实的慷慨激昂的爱国词作,影响了后来的辛派词人。有《于湖居士文集》《于湖词》。

## 念奴娇

### 过洞庭

洞庭青草[①],近中秋、更无一点风色。玉鉴琼田[②]三万顷,著我扁舟一叶。素月分辉,明河共影,表里俱澄澈[③]。悠然心会,妙处难与君说。

应念岭海[④]经年[⑤],孤光[⑥]自照,肝胆皆冰雪。短发萧骚[⑦]襟袖冷,稳泛沧浪空阔。尽挹西江,细斟北斗[⑧],万象[⑨]为宾客。扣舷[⑩]独啸,不知今夕何夕[⑪]。

【注释】

①“洞庭”、“青草”：皆湖名。二湖相通，总称洞庭。

②玉鉴琼田：指月光下皎洁的湖水。

③“素月”三句：指月光明亮，湖水清澈，月影、星光映入湖中，天、水一片澄明。

④岭海：指两广之地。

⑤经年：许多年。

⑥孤光：指月亮。

⑦萧骚：稀少。

⑧尽挹西江，细斟北斗：将长江水全部作酒，用北斗作酒器慢慢饮。西江：即长江。

⑨万象：万物。

⑩扣舷：敲着船沿。扣：同“叩”。

⑪不知今夕何夕：谓美景让人忘情，从而不在意时间。

【内容赏析】

据《宋史》本传，张孝祥曾任经略安抚使，“治有声绩”，却在乾道二年（1166）被谗言落职，由桂林北归。此词正是他途经洞庭湖时所作。

这首词历代评价甚高，比如黄蓼园就曾说：“此词开首从洞庭说至玉鉴琼田三万顷，题已说完，即引入扁舟一叶；以下从舟中人心迹与湖光映带写，隐现离合，不可端倪，镜花水月，是二是一。自尔神采高骞，兴会洋溢。”主要原因就是此词写景之清冷与人之洒脱合二为一，情景交融，达到了很高的艺术境界。其中的“玉鉴琼田三万顷，著我扁舟一叶”，超然可比苏轼；“表里俱澄澈”、“肝胆皆冰雪”两句，则有着物我天衣无缝般的和谐统一；“悠然心会，妙处难与君说”，不着痕迹地表现了自己思想境界的高妙；而“尽挹西江，细斟北斗，万象为宾客”三句，形象之高伟，气象之宏阔，在同时期的词作中是很少见的；“扣舷独啸，不知今夕何夕”，更是高妙的手法，用了苏轼的几个成句（如《前赤壁赋》中“扣舷而歌之”，《念奴娇》中的“今夕不知何夕”等），既描绘出了当前的动人美景，又烘托表现了自己“悠然心会”的高洁志趣，更不经意地呼应了起首处的“近中秋”，使全词的情感在高潮处有一个优美的收尾。

## 西江月

问讯①湖边春色，重来又是三年。东风吹我过湖船，杨柳丝丝拂面。

世路如今已惯，此心到处悠然。寒光亭②下水如天，飞起沙鸥一片。

**【注释】**

①问讯：这里指寻访。

②寒光亭：在现江苏溧阳三塔湖。

**【内容赏析】**

此词言简意深，要读懂此词，必须先要了解它的写作背景。

张孝祥与同时代的辛弃疾、陈亮等人一起，一直都是“主战派”的中坚力量。他立场鲜明地为抗金英雄岳飞辩解，并希求朝廷出兵收复中原，但苟且的南宋朝廷的屈辱政策令他灰心不已。他是一个满腔豪情的男儿，面对家国沦丧、朝纲不振的黑暗时局，豪情也难免顿作悲吟。此词便有此层隐意。

这首词写于张孝祥重访溧阳三塔湖之时。“问讯湖边春色，重来又是三年”两句，意思是说自己再次来到三塔湖边寻访春色，距离上一次已经隔了有三年。这话好似一句沉重的喟叹，它字面上好像是纯粹在说时间，实际上有着极深的人世感慨。三年，似短又长的一段时间，周遭的环境毫无好转，反而愈加险恶黑暗，而自己当初的雄心壮志却已灰飞烟灭，已然沧桑了。其后的“东风吹我过湖船，杨柳丝丝拂面”，情绪上有如一转，眼前明媚的春景、和煦的春风似乎一扫他心底的阴霾，让他顿觉舒畅起来。

下片首“世路如今已惯，此心到处悠然”二句，乃是全词的警醒之句，看似潇洒从容，读来意味颇深。“已惯”二字，乃含有“哀莫大于心死”之意；“悠然”二字，实际却有着深沉的辛酸与痛苦，可以说是大有深意。伤心、无奈到了极致，其“难言”之处，便在其中了。

末尾两句写景，静中有动，如诗如画，写的既是眼前美妙的景色，也是词人渴望的恬淡心境。这与前面的悲慨情绪形成了强烈对比，更让人感到了它的弥足珍贵。而古人评定诗词，结尾一向以语淡而意远为最高境界，许多的传世名作都是如此，因为这样有着语虽尽而意不尽、情趣幽远的妙处。“寒光亭下水如天，飞起沙鸥一片”两句，便让人感到了作者所憎者（世情）愈恶，所悦者（春色）愈丽的情怀。

清代陈廷焯的《白雨斋词话》中曾说：“词有信笔写去，若不关人力者，而自饶深厚，此境最不易到。”而张孝祥此词，字面平淡浅易而耐品读，可以说是到了此种“最不易到”的境界了。

# 朱淑真

朱淑真，生卒年不详，自号幽栖居士，钱塘（今浙江杭州）人。出身仕宦之家，自幼聪慧，能书画，工诗词，通音律。其生活年代，一般认为是南宋，亦有北宋之说。相传嫁为商人妇，抑郁寡欢而终。其词多伤感幽怨，风格婉丽，“蓄思含情，能道人意中事”，前人曾将她与李清照相提并论。有诗集《断肠集》、词集《断肠词》。

## 蝶恋花

送春

楼外垂杨千万缕，欲系青春，少住春还去。犹自[①]风前飘柳絮，随春且看归何处。

绿满山川闻杜宇[②]，便作无情，莫也[③]愁人苦。把酒送春春不语，黄昏却下潇潇雨。

**【注释】**

①犹自：尚且，仍然。

②杜宇：杜鹃，古人认为杜鹃的叫声是充满凄惨悲哀的。

③莫也：莫非也。

【内容赏析】

这也是一首婉转的惜春词，作者以女子的眼光看去，垂杨、柳絮、杜鹃等万物，对春都有着无尽的眷恋，对春的即将归去都惆怅莫名，于是女词人善感的心中愁绪愈浓。她似乎是将春天作为了一位特殊的朋友，素手持一盏清酒相送，心中满是无奈；而春天似乎也明了她的心情，无言相对她的盛情，只是在黄昏时分，下了一场让人伤感的细雨。

## 谒金门

### 春半

春已半，触目此情无限。十二阑干①闲倚遍，愁来天不管。

好是风和日暖，输与②莺莺燕燕。满院落花帘不卷，断肠芳草③远。

【注释】

①十二阑干：语出李商隐《碧城三首》中的“碧城十二曲阑干”。这里用来喻指愁思之深。

②输与：比不上。

③芳草：苏轼有词云“天涯何处无芳草”，这里暗喻心上人。

【内容赏析】

这也是一首伤春的闺怨词。历来此种题材多是代言体，而这首出自身世坎坷的才女之手，别有一番滋味。

上片首二句，自然是化自南唐李煜《清平乐》的句子“别来春半，触目愁肠断”，而一个“已”字，则伤惋之情立现。“愁来天不管”，幽怨之情似排山倒海而来，让人明白女主人公心中的愁肠千结。

下片起首“好是风和日暖”似有回转之意，但紧接着的“输与莺莺燕燕”，却点明了她的愁之所在：难得倾心的爱侣。末句“断肠芳草远”再点题，即不得知心人之苦，婚姻不幸如斯，让人唏嘘不已。

# 陆　游

陆游(1125—1210),字务观,号放翁,越州山阴(今浙江绍兴)人。绍兴二十三年(1153),应试礼部,名列前茅,却被秦桧所黜。孝宗时,赐进士出身。曾任隆兴、夔州通判,光宗时任朝议大夫、礼部郎中。后被劾,辞官归乡,隐居山阴。一生力主抗战,因此屡遭排挤,而始终不渝。是南宋伟大的爱国诗人,生平作诗将近万首,词和散文成就也很高。尤其是嗟叹时事的作品,慷慨激昂,一片赤心,为收复失地而疾呼。有《渭南文集》《剑南诗稿》《老学庵笔记》等。

## 钗头凤

红酥手①,黄縢酒②,满城春色宫墙柳。
东风③恶,欢情薄,一怀愁绪,几年离索④。
错,错,错!
春如旧,人空瘦,泪痕红浥鲛绡⑤透。
桃花落,闲池阁。山盟⑥虽在,锦书⑦难托⑧。
莫⑨,莫,莫!

**【注释】**

①红酥手:红润柔嫩的手。借指该女子的美。

②黄縢酒：黄封酒，当时的官酒。
③东风：春风。此暗指陆游之母。
④离索：离散。
⑤鲛绡：传说中鲛人织就的精美丝绢。后指手帕。
⑥山盟：指两人当初的盟誓。
⑦锦书：指情信。
⑧托：寄，送。
⑨莫：作罢、算了的意思。

**【内容赏析】**

这首在陆游词中非常著名的《钗头凤》，有着一个凄美的爱情故事，所有读过这首词的人，都会为故事中的主人公叹惋不已。

陆游早年曾娶表妹唐琬为妻，唐琬温柔聪慧，两人感情很好。可是不知为了什么，陆游的母亲一直都不喜欢这个儿媳妇，并终于逼陆游休妻。两人无奈含泪分手，陆游另娶，唐琬也改嫁了赵士程。

陆游曾另写过好几首名为《沈园》的诗，从诗中可以知道，他其实一直都很挂念这位前妻。而就是在绍兴二十五年(1155)的沈园(在陆游家乡山阴)，他竟无意中遇见了与丈夫一同前来游玩的唐琬。面对如今只能视作陌路的心爱女子，陆游伤痛不已，终于按捺不住提笔写下了这首凄婉动人的佳作。其中含蓄委婉地表达了对自己母亲活活拆散爱侣的责怒之情，这在当时，已经是相当直接大胆的了。

更让人叹息的，是唐琬在读到这首词后，也提笔写了一首和词，如下：

世情薄，人情恶，雨送黄昏花易落。晓风干，泪痕残。欲笺心事，独语斜栏。难，难，难！

人成各，今非昨，病魂常似秋千索。角声寒，夜阑珊。怕人寻问，咽泪装欢。瞒，瞒，瞒！

从中不难看出，她是一位知书达理的才女；也不难看出，她对这份感情的看重。写了这首词后不久，她就郁郁而终了。

这对无辜男女的悲剧，只是那个时代的一个缩影。他们虽然那么美好，那么相爱，却也难逃厄运。这是时代强加于人的悲痛。

## 卜算子

### 咏梅

驿[1]外断桥边，寂寞开无主。已是黄昏独自愁，更著[2]风和雨。

无意苦争春，一任[3]群芳妒。零落成泥碾作尘，只有香如故。

【注释】

①驿：古代路边的休息之处。

②著：这里有经受的意思。

③一任：一直任凭。

【内容赏析】

陆游的咏梅词，大抵深有寄托，此首便用拟人手法，“已是黄昏独自愁，更著风和雨”，写梅犹如写己。风格清傲寒瘦，恰如梅花滋味，也似他的为人。

此首通篇不着“梅”字，读完却深觉有梅花神韵，尤其是“零落成泥碾作尘，只有香如故”，简直就是梅花的知己。

## 南乡子

归梦寄吴[1]樯[2]，水驿[3]江程去路长。想见芳洲初系缆，斜阳，烟树参差[4]认武昌。

愁鬓点新霜[5]，曾是朝衣染御香。重到故乡交旧少，凄凉，却愁他乡胜故乡。

【注释】

①吴：泛指南方。

②樯：桅杆。此处泛指舟船。

③驿：古代传送文书者休息、换马的处所。这里泛指行程。

④参差：长短不齐的样子。

⑤霜:此处形容白发。

**【内容赏析】**

此词是陆游因奉调入京,即将离开成都时的作品。作品中既有着对成都的无限眷恋,也同时描写了对自己故乡的怀念。

上片起首写景如画,情寓其中,委婉清丽。下片的心理刻画别出机杼,描写多年不回家乡,知交零落,只怕也难免“儿童相见不相识,笑问客从何处来”(贺知章《回乡偶书》)的尴尬。此种凄凉,应该更甚于“独在异乡为异客”的情况吧。“却愁他乡胜故乡”一句,别致入微,余音袅袅,言作心声。

# 辛弃疾

辛弃疾(1140—1207),字幼安,号稼轩,历城(今山东济南)人。少年时曾聚众参加耿京的抗金起义,后从沦陷区投奔南宋朝廷。历官江西、湖南、湖北安抚使等,颇有政绩。其人在军事上慷慨有大略,曾多次上书力陈抗金方略,但都未被采用,并被当权者所忌。从四十二岁起,落职退居江西上饶、铅山等地二十多年,其中曾两度被起用,任福建等地安抚使,但都不久于职。他虽一心抗金报国,却始终未能施展才华,郁愤而终。

辛弃疾与苏轼齐名,分别代表了南、北宋词的最高峰,世称"苏辛"。他是南宋伟大的爱国词人,现存的六百二十余首词中,抒发爱国之情的作品占了很大一部分,并有一些寄情山水、忘怀时事之作,内容很丰富。辛词继承、发展了苏轼所开创的豪放一路,题材广阔,气势豪纵,并不拘泥于格律。他大量吸收了口语和经史诗文入词,并多用比兴手法,使词的内容和意境都有了进一步的丰富和提高,大大加强了词的表现力。所作风格以豪放为主,但清新、明快、沉郁、激励、婉媚之作时而有之,并长于白描。词集有《稼轩长短句》十二卷与《稼轩词》四卷两种刊本。

## 摸鱼儿

淳熙己亥,自湖北漕移湖南[①],同官王正之[②]置酒小山亭[3]，为赋。

更能消[4]、几番风雨？匆匆、春又归去。惜春长怕花开早，何况落红无数。春且住，见说道[5]、天涯芳草无归路。怨春不语。算只有殷勤、画檐蛛网，尽日惹飞絮[6]。

长门事，准拟佳期又误。蛾眉曾有人妒。千金纵买相如赋，脉脉此情谁诉[7]？君莫舞，君不见、玉环飞燕[8]皆尘土。闲愁最苦。休去倚危栏，斜阳正在、烟柳断肠处。

**【注释】**

①自湖北漕移湖南：宋朝称转运使为漕司，漕移，就是说从湖北转运副使调到湖南继续当转运副使。

②王正之：为辛弃疾旧交，此时他接替辛弃疾的职务，故称同官。

③小山亭：在湖北转运副使官署内。

④更能消：谓再也经不起。

⑤见说道：听说。

⑥“算只有殷勤”二句：意思是说只有蜘蛛殷勤地织网想网住春天，却只黏住了飞絮。

⑦“长门事”等五句：用了历史上司马相如受重金，为汉武帝的皇后陈阿娇写《长门赋》，希图感动汉武帝，让陈皇后重新受宠的典故。长门宫，乃是陈皇后幽居之冷宫。这里意思是说陈皇后本来可以重受宠幸的，却因为其他女子的嫉妒，使“准拟佳期又误”。

⑧玉环飞燕：两人皆为得宠且善妒之人，她们的下场都很悲惨。此处借指当朝的小人。

**【内容赏析】**

这首词作于淳熙六年(1179),距辛弃疾投奔南宋朝廷已近二十年。此前他曾满腔抗金豪情,希冀一身武略得以施展,收复失地。但现实中偏安的小朝廷卖国求荣,对他的抗敌主张一律不予采用,并频繁调动他的地方官职,明显表现出了不信任。这一切,都让这位文韬武略之材渐渐心冷。此词正写于他从湖北同级调任湖南之时,是这种心情下的代表之作。

此词一题为"春暮",作者借伤春的名义,抒发了对国势日危的忧虑,对自己遭排挤、打击,而才不得展的悲愤、伤感心情。

上片起首便写春已阑珊,情绪经由怜春、惜春、留春、怨春、伤春等几环,逐层深入。"惜春长怕花开早,何况落红无数",描摹人的心态十分细腻。

下片用陈皇后失宠的典故,来比拟自己的失意。据说汉武帝的皇后陈阿娇曾送当时文名动天下的司马相如黄金百斤,相如遂为之写了描写冷宫生活的《长门赋》。词中的意思是说,因"蛾眉曾有人妒",使得阿娇"准拟佳期又误""脉脉此情谁诉"。词人是用深宫闺怨比喻自己被排挤而壮志难酬的不满,曲折而动人。"君莫舞"三句,言辞可以说是很激烈的;"皆尘土"三字,警告宵小之徒莫"得志便猖狂",是怨到极处的发泄。虽然如此,"闲愁"还是"最苦",这种难以言明的苦闷情绪,久久纠缠着词人,使他不能平静,忍不住想去登高望远,排遣愁绪。"休去倚危栏",那日暮斜阳之景,怎么能不让人断肠啊!

此词通篇以暗喻手法,在委婉蕴藉的词面之下,其实隐藏了极其激烈的情感,只不过抒发得比较含蓄罢了。从艺术上看,此词将豪放与婉约的两种艺术风格冶于一炉,寓豪放于婉约之中,恰到好处地表达了作者当时的心境,境界臻于圆熟。梁启超将之作为辛词的压卷之作，评曰："回肠荡气，至于此极，前无古人，后无来者"，是非常有道理的。

## 青玉案

### 元夕

东风夜放花千树[①]，更吹落、星[②]如雨。
宝马雕车香满路。凤箫[③]声动，玉壶[④]光转，
一夜鱼龙[⑤]舞。
蛾儿雪柳黄金缕[⑥]，笑语盈盈[⑦]暗香[⑧]去。
众里寻他千百度，蓦然[⑨]回首，那人却在，灯
火阑珊[⑩]处。

**【注释】**

①花千树：指灯火之多如千树花开。

②星：喻灯。

③凤箫：乐器，这里指音乐。

④玉壶：月亮。

⑤鱼龙：鱼灯和龙灯。

⑥"蛾儿""雪柳""黄金缕"：皆女子节日里戴的饰物。借指女子。

⑦盈盈：仪态美好。

⑧暗香：借指女子。

⑨蓦然：忽然。

⑩阑珊：零落。

**【内容赏析】**

此词意旨在塑造一个美丽而自甘淡泊的女子形象。这个形象，在历代的文学作品，尤其是以秾丽为特色的文人词中，是很少见的。杜甫《佳人》中“天寒翠袖薄，日暮倚修竹”的“绝代佳人”形象，与此倒是十分相似；更为相似的是，两者其实都寄托着作者的政治理想，是他们自身的理想化身。其不同之处则在于人物所依衬的背景，杜诗中一开始便说其佳人是“幽居在空谷”，而此首词中的故事，则是发生在极喧闹的元夕之夜。

上片写绚烂之景，绘之如历历在目。下片始写人，写的却是“蛾儿雪柳黄金缕”的富丽女性。只到末尾四句，突然，如空谷幽兰，我们眼前惊现一个脱俗的女子形象：

“众里寻他千百度，蓦然回首，那人却在，灯火阑珊处。”

到此处，方让人明白，之前的一切繁丽之景只是背景、只是从属，一切只待这个清丽之极的女子出来，便化为尘土。尤其要注意的是，对这个女子，作者之笔始终没有加以正面描写。但正是因为这样，才让我们对她有更多的想象。

这也使得这末尾四句千古流芳。梁启超就曾说它“自怜幽独，伤心人别有怀抱”（梁令娴《艺蘅馆词选》）。

## 西 江 月

夜行黄沙道中

**明月别枝[①]惊鹊，清风半夜鸣蝉。稻花香里说丰年，听取蛙声一片。**

**七八个星天外，两三点雨山前。旧时茅店社林[②]边，路转溪桥忽见。**

**【注释】**

①别枝：斜枝。

②社林：土地庙边的树林。

**【内容赏析】**

此词写农村夏夜的景色，格调清新可喜。不长的篇幅内虽然用了许多名词，却灵活而有变化，既使画面生动，也表现出了作者轻快的心境。“七八个星天外，两三点雨山前”，更是点石成金之笔。

此外，八句话的小词，直到最后两句，人物活动方才出现，表现出是在夜行。朱光潜先生对这种技巧赞叹不已，说：“这两句对全首词起了返照的作用，因此每句都是在写夜行了。先藏锋不露，到最后才一针见血，收尾便有画龙点睛之妙。”评价是十分精到的。

# 菩萨蛮

## 书江西造口[1]壁

郁孤台[2]下清江[3]水，中间多少行人[4]泪。西北望长安[5]，可怜无数山。

青山遮不住，毕竟东流去。江晚正愁余，山深闻鹧鸪[6]。

**【注释】**

①造口：今江西万安西南六十里处，也称皂口。
②郁孤台：在今江西赣州西北部。
③清江：此指赣江。
④行人：指被金兵迫害而流离失所的人民。
⑤长安：此处借指宋都汴京。
⑥山深闻鹧鸪：鹧鸪叫声凄切，如曰“行不得也哥哥”，此句暗寓对朝廷的不满。

**【内容赏析】**

淳熙二年（1175）夏天，有一伙贩卖茶叶的商人在湖南、江西一带武装起事。六月，南宋小朝廷任命辛弃疾为江西提刑，让他“节制诸军，讨捕茶寇”。可怜辛弃疾满心全是为国雪耻的凌云壮志，一身文韬武略却被用来对付老百姓，其心中的郁闷非常人所能理解。当他驻节在虔州（今赣州）时，一日登郁孤台，他凝望台下滚滚而去的赣江水，不由联想到自己的遭遇，满心感慨，写下了这首意旨隐晦的《菩萨蛮》。

起首“郁孤台下清江水”两句，健拔清放；“中间多少行人泪”似是远行之人怀念家乡，实际上说的是流离失所的人民的悲切之泪。其后的“西北望长安”两句，意思是说因为隔着重重山峦，人一眼望不到国都，这样一来，引颈而望的“人”的“可怜”也就立现出来了。

下片“青山遮不住，毕竟东流去”，写的是滔滔不绝的江水，但隐含之意应该是说历史的潮流所趋不可阻挡。“山深闻鹧鸪”一句，以自然之景写词人的心声，简逸中有无限蕴藉。

## 丑奴儿

书博山[①]道中壁

少年不识愁滋味，爱上层楼。爱上层楼[②]，为赋新词强[③]说愁。

而今识尽愁滋味，欲说还休。欲说还休，却道天凉好个秋。

**【注释】**

①博山：在今江西广丰西南三十多里。

②层楼：高楼。

③强：勉强。

**【内容赏析】**

此词是辛弃疾闲居带湖时的作品，语言浅淡平易、明白如话，意味却深韵绵长，也是辛词中的佼佼之作。

词的上片与下片，分别以“少年”和“而今”起头，说的是同一件事，在人生不同阶段，感受却绝然不同。而这种绝然不同，也就于不动声色中写尽了人生的苍凉。

少年时是不能够懂得人生之中的“愁”滋味啊！喜欢登高楼，无非是做做斯文的样子。写起新词来，也没有什么可感慨的内容，只好满纸愁啊愁的，作无病呻吟状，希望能凑成一篇“高深”的作品。

如今倒是“识尽愁滋味”了，那么——新词中一定满是可以打动人的喟叹吧——“欲说还休”。这四个字虽是成语，用在此处，却是绝妙，传达出了那种不能言明的内涵，“不言”远胜于“言”。最妙的还是结句：“却道天凉好个秋”。这里除了有“顾左右而言他”的言不由衷之意，还和“秋”这个有特定文化语意内涵的字眼有关系。秋者，一向多作“肃杀”的代名词。“却道”二字，深有无可奈何之意；而“天凉好个秋”，也让人多多少少感到了词人内心的“凉意”。

这首词朴直而生动，描写人生变迁于四五十字之间，情到言出，语尽而意丰，颇可见稼轩乃白描心理的高手。而涌动在字面背后的痛楚、激愤等情绪，更使此词意境阔大，内涵容量丰厚。

## 祝英台近

### 晚春

**宝钗分[①]，桃叶渡[②]，烟柳暗南浦[③]。怕上层楼[④]，十日九风雨。断肠片片飞红，都无人管，更谁劝、啼莺声住？**

鬓边觑[5]，试把花卜归期，才簪又重数[6]。罗帐灯昏，哽咽梦中语：是他春带愁来，春归何处？却不解、带将愁去。

【注释】

①宝钗分：分钗，指离别时作为纪念。

②桃叶渡：在秦淮河与青溪合流处。

③南浦：送别之所。

④层楼：高楼。

⑤觑：斜视。

⑥"试把"二句：用花瓣数来占卜归期，才占了一遍把花戴上，不放心，又摘下来重数一遍。

【内容赏析】

这首词写暮春时节，闺中女子怀人。此题材自晚唐以来，花间派屡写不衰。故历来词评家多以为此词有政治寄托，是以女子的伤春怀人来写家国沦丧之悲，如黄蓼园的《蓼园词选》就说："此必有所托，而借闺怨以抒其志乎！"其实，此词从内容和情绪上看，并无政治内涵的迹象，倒更像是一首缠绵浓烈的闺怨词。沈谦在《填词杂说》中就曾评价道："稼轩词以激扬奋厉为工，至'宝钗分，桃叶渡'一曲，狎昵温柔，魂消意尽，词人伎俩，真不可测。"

的确，此词从头至尾，色彩异常秾丽，将女子怀念爱人时的那种热烈、甜蜜又哀伤的情感，表现得细腻深入。尤其是下片中"鬓边觑"三句，"才簪又重数"的细节动作，生动而传神，让人赞叹不已。而结尾的"哽咽梦中语"以下三句，则不落窠臼地表现出了女子的内心世界。

# 丑奴儿近

## 博山道中效李易安体[1]

千峰云起，骤雨一霎儿价[2]。更远树斜阳，风景怎生图画[3]？青旗[4]卖酒，山那畔别有人家。只消山水光中，无事过这一夏。

午醉醒时，松窗竹户，万千[5]潇洒[6]。野鸟飞来，又是一般闲暇。却怪白鸥[7]，觑着人、欲下未下。旧盟都在，新来莫是，别有说话[8]？

**【注释】**

①效李易安体：指用李清照般的白描手法。

②价：意同“地”，助词，无实意。

③怎生图画：怎样来描绘。

④青旗：古代酒店多用青布做招牌。

⑤万千：十分。

⑥潇洒:闲散而无拘束。
⑦白鸥:古人诗词中往往用“鸥盟”来表示退隐之意。
⑧“新来”二句:意思是说莫非新近有了悔弃盟约之意。

**【内容赏析】**

此词作于辛弃疾退居江西上饶之时。它无论是在上片写景还是在下片写情上,都达到了很高的艺术境界。而且它自题为“效李易安体”,所以我们需要细细体味它在明朗词意后的隐意。

上片写景,其“千峰云起”“远树斜阳”,是以淡墨、粗线条地勾勒图景,就好似中国画中的写意山水。而“只消山水光中,无事过这一夏”,则因为辛弃疾正处在闲居的特殊阶段,“只消”和“无事”,就有了隐隐的忧愤之意。

下片中虚景、实景相交错,实际上则是写自己赋闲的慨叹。从“午醉醒时”开头,到“又是一般闲暇”,五句话或是写实景;而“却怪白鸥”二句,则虽然是活灵活现地表现出了白鸥“欲下未下”的神情,却又未必是真写景,即使是,也带上了作者浓重的主观色彩。因为白鸥是传说中最无机心的鸟儿,而如今连“它”也对自己产生了不信任的感觉,那么,自己“四面楚歌”的境况也就很自然地表现出来了。而结语三句,则虽是对“白鸥”所言,却蕴含了词人的身世之感,其悲怆的情绪,是隐伏在貌似“调侃”的字面之后的。

全词格调清新,明白如话,字句虽多有化自前人的成句,却丝毫不见痕迹,宛如口语天成,达到了很高的艺术境界。而其以写景的方式,不用一句直笔而点透人生苍凉的况味,是很值得品味与借鉴的。

# 姜　夔

姜夔（约1155—1209），字尧章，饶州鄱阳（今江西鄱阳）人。少时随父宦游汉阳（今属湖北武汉），后寓居武康（今浙江德清），与白石洞天为邻，因号白石道人。屡试不第，布衣终生。诗人萧德藻将侄女嫁给了他，并一起移居到了湖州（今浙江湖州），与当时一些著名的文士交往，生活清闲悠游。死于杭州。

姜夔工诗、书法，更精通音律，以词著称，能自度曲。其词格律严谨，字句精工，词风清空峭拔，格调高古，艺术造诣较高。内容则感时伤事、写景抒情、咏物记游。上承周邦彦，下开吴文英、张炎等，但仍有藻饰过甚、意境空浅的毛病。王国维《人间词话》中说："古今词人格调之高，无如白石，惜不于意境上用力，故觉无言外之味、弦外之响。"而张炎所著的《词源》则评曰："姜白石词如野云孤飞，去留无迹。"应该说都反映了姜词的特点。著有《白石道人歌曲》。

## 点绛唇

丁未冬过吴松作

**燕雁无心，太湖西畔随云去。数峰清苦，商略[①]黄昏雨。**

第四桥边[②]，拟共天随[③]住。今何许？
凭栏怀古，残柳参差舞。

【注释】

①商略：商量。这里是拟人的手法。

②第四桥边：唐诗人陆龟蒙隐居之处。

③天随：陆龟蒙自号天随子。

【内容赏析】

淳熙十四年（1187），姜白石由杨万里介绍，自浙江湖州前往苏州拜访范成大，途经吴松时，一路见太湖之滨的明秀山水，有感而作此词。

作者一生意不在宦途，对陆龟蒙亦是颇为推崇。他在《除夜自石湖归苕溪》中就曾云："三生定是陆天随，又向吴松作客归。"而此词的清旷特色亦是词人性格中这一面的写照。"燕雁无心""数峰清苦"和"第四桥边"三段，都运用了拟人手法，"只道眼前景物"，却蕴含了作者深沉的情感。"今何许？凭栏怀古，残柳参差舞"，似是怀古，情绪却是在感伤自身，"无穷哀感，都在虚处"（陈廷焯《白雨斋词话》）。故王国维《人间词话》中说："东坡之旷在神，白石之旷在貌。"

## 鹧 鸪 天

元夕有所梦

肥水东流无尽期，当初不合[①]种相思。
梦中未比丹青[②]见，暗里忽惊山鸟啼。

春未绿，鬓先丝，人间别久不成悲。谁教岁岁红莲[3]夜，两处沉吟各自知。

【注释】

①不合：不应该。

②丹青：丹为红，青为黑，此处指画像。

③红莲：一种花灯，此为泛指。

【内容赏析】

这首词写于庆元三年（1197）的元宵之夜。

首句点题。据说姜夔二十多年前曾于淮南合肥结识了一位能弹得一手好琴的歌伎，之后就天各一方了。“肥水”二字，便暗扣“合肥”。“当初不合种相思”一句，看似是对年轻时风流的懊恼，实则说明了如今相思的极苦。

而下片的“人间别久不成悲”，更是深沉凄怆。这种貌似违反常理的词意背后，是真挚的、历久不悔的眷恋之情。这种情感，自然是难得而动人的。

## 庆宫春

绍熙辛亥[1]除夕，予别石湖归吴兴，雪后夜过垂虹[2]，尝赋诗云：“笠泽茫茫雁影微，玉峰重叠护云衣。长桥寂寞春寒夜，只有诗人一舸归。”后五年冬，复与俞商卿、张平甫、铦朴翁自封禺[3]同载诣梁溪[4]，道经吴松。山寒天迥，云浪四合。中夕相呼步垂虹，星斗下垂，错杂渔火，朔吹凛凛，卮酒不能支。朴翁以衾自缠，犹相与行吟，因赋此阕，盖过旬，涂[5]稿乃定。朴翁咎余无益，然意所耽[6]，不能自已也。平甫、商卿、朴翁皆工于诗，所出奇诡，予亦强追逐之[7]。此行既归，各得五十余解。

**双桨莼波[8]，一蓑松雨[9]，暮愁渐满空阔。呼我盟鸥[10]，翩翩欲下，背人还过木末[11]。那回归去，荡云雪孤舟夜发。伤心重见，依约眉山，黛痕低压。**

**采香径[12]里春寒，老子婆娑，自歌谁答？垂虹西望，飘然引去，此兴平生难遏。酒醒波远，正凝想明珰素袜[13]。如今安在？惟有阑干，伴人一霎。**

**【注释】**

①绍熙辛亥：指光宗绍熙二年(1191)。

②垂虹：垂虹桥，在今江苏吴江。

③“封”“禺”：皆山名，在今浙江德清。

④诣：之于，到。梁溪：在今无锡。

⑤涂：修改。

⑥耽：沉溺。

⑦强追逐之：意思是说自己也勉强赶上他们写诗的水平。

⑧双桨莼波：双桨划过长满莼草的水面。

⑨松雨：水降松林，雨声如涛，称为松雨。

⑩盟鸥：似乎与我有盟约、懂得我心意的鸥鸟。
⑪木末：树梢。
⑫采香径：为小溪名，原在香山之旁。此处为泛指。
⑬明珰素袜：语出曹植之《洛神赋》。这里借指美女。

**【内容赏析】**

此词前有小序，详述词意，乃是写自己在五年前之除夕夜与五年之后的冬寒之夜过垂虹桥的两幕情景。小序叙事详备，便如一微型小品，清新自然，情趣盎然。此后小词，则精美工丽，全为抒怀。较之原词，则一意境清淡从容，一意境古逸精工，何况一散一韵，风味自是不同。内容虽能互解，却无犯词意，更有相得益彰之妙。尤其词文字典雅，而“老子婆娑，自歌谁答？”一句，乃口语入词，朴素天成，更添风味。

姜词前多有小序，且字数颇多，成为特色。清周济《宋四家词选目录序论》中曾对此略有微词，说：“白石小序甚可观，苦与词复。若序其缘起，不犯词境，斯为两美已。”然而仅从这首词来看，则小序瑕不掩瑜，仍有其独特光华。

# 扬州慢

淳熙丙申至日[1]，予过维扬[2]。夜雪初霁[3]，荠麦弥望[4]。入其城，则四顾萧条，寒水自碧，暮色渐起，戍角[5]悲吟。余怀怆然，感慨今昔，因自度此曲。千岩老人以为有《黍离》[6]之悲也。

淮左[7]名都，竹西[8]佳处，解鞍少驻初程[9]。过春风十里，尽荠麦青青。自胡马窥江[10]去后，废池乔木，犹厌[11]言兵。渐黄昏，清角[12]吹寒，都在空城。

杜郎俊赏[13]，算而今重到须惊。纵豆蔻词工，青楼梦好，难赋深情[14]。二十四桥[15]仍在，波心荡、冷月无声。念桥边红药[16]，年年知为谁生？

**【注释】**

①淳熙丙申至日：即孝宗淳熙三年(1176)冬至。

②维扬：即扬州。

③霁：雨、雪止。

④弥望：满眼都是。

⑤戍角：军营中吹的号角。

⑥千岩老人：即萧德藻，自号千岩老人。《黍离》，是《诗经》中的一篇，写东周大夫因念及周室之衰而彷徨失落。

⑦淮左：宋朝设淮南东、西路，其东路称为淮左。
⑧竹西：扬州禅智寺侧有竹西亭。
⑨初程：第一次到这里。
⑩胡马窥江：指金兵南侵。
⑪厌：厌恶。
⑫清角：声调凄凉的号角。
⑬俊赏：风流倜傥。
⑭“纵豆蔻词工”三句：“豆蔻”及“青楼”均出自杜牧咏扬州的诗句。这里是说杜牧纵然诗才出众，也不能表达出这种沉痛悲怆的情感。
⑮二十四桥：出自杜牧《寄扬州韩绰判官》诗篇。
⑯红药：即芍药。

**【内容赏析】**

扬州，为南方繁华之城。但仅宋高宗在位期间，金兵就曾两次大规模南侵：一次在建炎三年(1129)，一次在绍兴三十一年(1161)。扬州也因此两度遭受重创，被焚掠一空，可谓满目疮痍。

第二次南侵后的第十五年，姜夔经过扬州，看到这座城市仍未恢复元气，一片萧条景象，于是写下了这篇追怀丧乱、感慨今昔之作。

此词写景抒情沉郁蕴藉，是白石词中千古吟诵的力作。

除此之外，炼字之工，也使全篇焕然生色。例如上片“自胡马窥江去后，废池乔木，犹厌言兵”三句，写的是人们对和平的渴望，但一个“厌”字，情绪深沉，概括兵害对城池和人心的伤害，胜过千言万语。陈廷焯《白雨斋词话》之卷二就曾对“犹厌言兵”评价颇高：“‘犹厌言兵’四字，包括无限伤乱语，他人累千百言，亦无此韵味。”而下片“二十四桥仍在，波心荡、冷月无声”中的“荡”字，与“仍”字及“冷”字前后呼应，让词的情绪立刻转为失落、无依。自此，则扬州兵后让人伤痛的残败景象以及词人心中的怆然之感脱然而出，其萧条凄凉自隐藏在清空的文字背后，格调高古。

另外，此词从“竹西佳处”“过春风十里”“纵豆蔻词工，青楼梦好”到“二十四桥仍在，波心荡、冷月无声”等，多处袭用杜牧的诗句，却能将“诗语”改入“词境”，熔为己用，袭而愈工；更令读者脑海中不断将杜诗中的繁华扬州与姜词中的残破之城对比，感慨愈深。

从此词来看，白石在字句上的功力已臻炉火纯青。

## 暗　香

辛亥之冬[①]，予载雪[②]诣石湖。止[③]既月，授简索句，且征[④]新声[⑤]，作此两曲。石湖把玩不已，使工伎隶习之，音节谐婉，乃名之《暗香》《疏影》。

**旧时月色，算几番照我，梅边吹笛？唤起玉人，不管清寒与[⑥]攀摘。何逊[⑦]而今渐老，都忘却春风词笔[⑧]。但怪得竹外疏花，香冷入瑶席[⑨]。**

**江国[⑩]，正寂寂。叹寄与路遥，夜雪初积。翠尊易泣，红萼[⑪]无言耿相忆。长记曾携手处，千树压西湖寒碧。又片片吹尽也，几时见得？**

【注释】

①辛亥之冬：指光宗绍熙二年。

②载雪：冒雪。

③止：通“只”。

④征：索求。

⑤新声：新的词作。

⑥与：此字后省略了宾语“她”。

⑦何逊：南朝梁诗人。少即有文名。其诗最擅长将写景与抒情融为一体，语言工丽。

⑧春风词笔：唐代杜牧有诗“春风十里扬州路，卷上珠帘总不如”，是形容他所心爱的女子的美貌的，此处用此意。

⑨瑶席：宴席的美称。

⑩江国：即江南。

⑪红萼：即红梅。

【内容赏析】

如词前小序所言，此《暗香》词乃有“姊妹篇”《疏影》，是绍熙二年，姜夔冒雪舟行到当时的著名诗人范成大所退居的石湖处，应他的要求所作。从内容上来看，两首都是咏梅之词作。宋初的林逋有咏梅名句：“疏影横斜水清浅，暗香浮动月黄昏”（《山园小梅》）。由此看来，此二词便是各取前两个字作词调名，以显咏梅之意。

姜白石之词，向来以字句精工为其特色，此词亦不例外。一个因梅怀人的主题，被他雕琢得十分精致，兼以多次隐晦用典，使主题在委婉曲折中显现，有一唱三叹之妙。

起首“旧时月色”三句，便把读者带入了词人的旧时之忆。按照夏承焘先生所著《姜白石编年笺校》所称，此《暗香》与《疏影》是作于词人最后一次离开合肥的时候，“时所眷者已离”。所以，“旧时月色”指的便应该是作者在合肥与所结识的女子之情事。而此三句入题突兀直接，既让人有不曾料防之感，也有惊心动魄的效果。而接下来的“唤起玉人，不管清寒与攀摘”，则当是在回忆旧事了。作者想到了那些难忘的时光，可知梅花曾为他们爱情的佐证。其后四句乃是伤今。词人以何逊自比，表示岁月陡增，自己已经记不清那些前尘往事了。但随后又说在竹林之外的几枝疏淡梅花，却不知怎的香气格外浓郁，竟然远远地将香气送到了这宴席之上，简直不识情趣。“怪”字，便是因为梅香入席，引得词人沉迷往事，难抑伤心。由此可见，“都忘却春风词笔”乃是词人的反语，要是真忘却了，“怪”字又因何而出呢？不能忘却却只说忘却，正是因为铭心刻骨，连想都不能想，否则便会痛彻肝肠。情深如斯！

下片起首的“江国，正寂寂”转写周遭环境正悄然无声，于是词人倍觉凄寂。“路遥”与“夜雪初积”，更使刚想到的与“她”传信联络的念头也只能作罢。其实这些都只是推辞罢了，因为词人心中何尝不明白，时隔多年，对方早已音讯全无，再见，只怕是不可能的了。但偏偏相思之苦如此浓重，“翠尊易泣，红萼无言耿相忆”，连草木都如此愁苦，何况是作者呢！“长记”二字，恰与上片“忘却”二字形成鲜明对比，而此刻才真正是词人的心声。“携手”的那一刻，如今仍然历历在目，“千树压西湖寒碧”，当时梅花正盛。如今梅香仍然清冽，斯人已去，“又片片吹尽也”，白石心中之苦，恰似隆冬深雪，积年难化。

此词以咏梅、怀人贯穿全篇，忽而忆旧时之欢乐，忽而叹今夕之凄苦，回环往复，低回缠绵，情绪几度跌宕起落，情深之余，仍不失清旷健古，实属不易，难怪历来都受颇多好评。如《词源》中就说此咏梅二首“前无古人，后无来者，自立新意，真为绝唱”。

# 王沂孙

王沂孙(？—约1290)，字圣与，号碧山、中仙、玉笥山人，会稽(今浙江绍兴)人。入元，曾任庆元路学正。其词多咏物，或寓身世之感，但意旨隐晦。周济《宋四家词选序论》言："碧山胸次恬淡，故《黍离》《麦秀》之感，只以唱叹出之，无剑拔弩张习气。"清代常州派词人对其词评价甚高。有《花外集》，又名《碧山乐府》。

## 眉妩

### 新月

渐新痕[①]悬柳，淡彩穿花，依约破初暝[②]。便有团圆意，深深拜[③]，相逢谁在香径？画眉未稳，料素娥[④]、犹带离恨。最堪爱，一曲银钩小，宝帘挂秋冷。

千古盈亏[⑤]休问，叹慢磨玉斧，难补金镜[⑥]。太液池[⑦]犹在，凄凉处、何人重赋清景？故山夜永，试待他、窥户端正[⑧]。看云外山河[⑨]，还老尽、桂花影[⑩]。

**【注释】**

①新痕：指新月。

②初暝：傍晚的夜色。

③深深拜：古代女子有拜月、乞巧的习俗。

④素娥：嫦娥。

⑤盈亏：指月圆月缺。

⑥金镜：月亮。

⑦太液池：在汉长安建章宫北。后作宫苑通称。

⑧端正：指圆月。

⑨云外山河：指月中山河阴影。

⑩桂花影：传说月中有桂，后桂树便作月亮代称。“桂花影”比喻投射在大地上的月光。

**【内容赏析】**

此词题为“新月”，通篇咏月而不着“月”字，却咏之细致、体之精工，且寓有寄托。“千古盈亏休问”以下数句，深有家国沦丧的兴亡之感，可谓意曲词工。故陈廷焯说它是“感时伤世之言，而出以缠绵忠爱”。

# 史达祖

史达祖(1163—1220? ),南宋人。字邦卿,号梅溪,汴京(今河南开封)人。屡试不第,后依附权贵,被其株连,穷困而死。咏物词细腻工巧,以逼真著称,但笔力纤巧,骨格不高。亦有感慨时事及描写闲适生活的作品。有《梅溪词》。

## 绮罗香

咏春雨

做冷欺花,将烟困柳[1],千里偷催春暮。尽日冥迷,愁里欲飞还住。惊粉重、蝶宿西园,喜泥润、燕归南浦。最妨他、佳约风流,钿车[2]不到杜陵[3]路。

沉沉江上望极,还被春潮晚急,难寻官渡[4]。隐约遥峰,和泪谢娘[5]眉妩。临断岸、新绿生时,是落红、带愁流处。记当日、门掩梨花,剪灯深夜语。

【注释】

①"做冷"二句:此二句主语都是春雨。用拟人手法写春雨带来寒冷欺

凌百花，用烟雾来困住柳枝。

②钿车：用蚌壳等装饰的车子，多为妇女乘坐。

③杜陵：是长安南面的一个著名的风景区，多为达官贵人所居，景致优美，是春游的好去处。此处是指代杭州的风景区。

④官渡：官办的渡口。

⑤谢娘：应指谢安的侄女、王凝之的妻子、著名的女诗人谢道韫。此处代指词人自己的妻子。

**【内容赏析】**

此词为咏物词，首三句暗用拟人手法，写春雨迷蒙和连绵的特点，很是生动。此后上片连用典故，已不是咏春雨，而是写春雨带给人的感受，写词人情绪似怨似恨。正如《寥园词选》所云："多少淑偶佳期，尽为所误，而伊仍浸淫渐渍，联绵不已，小人情态如是。"

下片仍如此接连用典，从而使得春雨的"恼人"之感愈加浓重。结句方忽然流露出浓浓的情感，"写得幽闲贞静，自有身分，怨而不怒"（黄寥园语）。

## 双双燕

咏燕

过春社[①]了，度帘暮中间，去年尘冷。差池[②]欲住，试入旧巢相并。还相[③]雕梁藻井[④]，又软语、商量不定。飘然快拂花梢，翠尾分开红影。

芳径，芹泥[5]雨润。爱贴地争飞，竞夸轻俊。红楼归晚，看足柳昏花暝[6]。应自栖香正稳，便忘了、天涯芳信。愁损翠黛双蛾，日日画栏独凭。

**【注释】**

①春社：春社在春分前后。

②差(cī)池：燕飞时，有先有后，尾巴舒张不齐的样子。

③相：察看。

④藻井：彩绘或画饰的天花板。井：即俗称的天花板。

⑤芹泥：燕子用来筑巢的泥。

⑥柳昏花暝：这里既指天色已晚，也形容燕子饱览了春色。

**【内容赏析】**

《双双燕》作词调名，始见于史达祖。这首词亦是史达祖的代表作，历来称誉有加，将之作为咏燕词的代表作。其中写燕子之“轻俊”，充满了人性化的可爱，是颇见功夫的。词尾两句由物及人，转而写思妇之怨，终使词意更进一层。

# 吴文英

吴文英(约1212—约1272),字君特,号梦窗、觉翁,四明(今浙江宁波)人。曾为吴潜浙东安抚使幕僚,复为宗室赵与芮门客。尝以词结交权贵。颇知音律,能自度曲。其词以表现上层的奢华生活或抒写自己的感伤情绪为主。其词字句雕琢,音律和谐,常堆砌典故词藻,故词意往往晦涩难懂。张炎的《词源》评价说"如七宝楼台,炫人眼目,碎折下来,不成片段",还是比较对的。有《梦窗词》。

## 风入松

听风听雨过清明,愁草《瘗花铭》①。楼前绿暗分携路②,一丝柳、一寸柔情。料峭春寒中酒,交加晓梦啼莺③。

西园日日扫林亭,依旧赏新晴。黄蜂频扑秋千索,有当时、纤手香凝。惆怅双鸳不到,幽阶一夜苔生。

**【注释】**

①《瘗花铭》:庾信作。瘗花:指葬花。

②"楼前"句：当初分别的路上已是绿柳成荫。
③"交加"句：莺儿争鸣，使人晓梦惊醒。

【内容赏析】

此词一题为"春晚感怀"。风格清雅质朴，语淡情浓，是梦窗词中难得的佳作。

首句"听风听雨"四字，便点出惜春之情。正由于"惜"而关心，才有了"听"的动作，这就是"炼字"，是高度凝练、生动的字眼。"料峭春寒中酒"，似写春寒，实则是写心中的伤感；"交加晓梦啼莺"，似写莺啼，实则是写心绪的不宁，都是很见功力的。

下片起首"西园日日扫林亭，依旧赏新晴"二句，语似平淡，但从"依旧"两字可以看出，词人的情绪其实是怅惘、伤心至极。这不是"物是人非事事休"式的伤感，而是"欲休难舍"的心情。而之后的"黄蜂频扑秋千索，有当时、纤手香凝"，更是千古传诵的名句，因为它将这种心情表现得淋漓尽致。这是一种虚实交汇的情景，因为当日纤纤玉手扶过的地方，无论如何不可能仍有脂粉香味在，更不可能因此引得黄蜂围绕。故前一句是写实，而后一句纯为臆想。这显然是词人想念爱人想得"痴"了，不去写自己有多"痴"，只用平常的语气将"痴"的表现极其理所当然地描述出来，这正是写情的高手。结尾二句，给人以淡淡的惆怅之感，细细回味，方觉浓重的哀怨。

# 刘克庄

刘克庄(1187—1269),初名灼,字潜夫,号后村居士,莆田(今福建莆田)人。以父荫补官。为建阳县令时,因写《落梅》诗,被指为讪谤,免官废弃十年。理宗淳祐六年(1246)赐同进士出身。在朝以耿直著称。以龙图阁学士致仕。他是江湖诗派的最大诗人,继承了陆游、辛弃疾的爱国精神及雄放风格,有不少感伤国事之作。他同时也是南宋后期的重要词家,其词进一步散文化、议论化,不以格律为拘,较多的也是爱国的豪放悲壮之作;但不少词作有议论过多及词意粗疏的毛病。作品数量极丰。著作有《后村先生大全集》,其中词五卷,名《后村长短句》。

## 清平乐

### 五月十五夜玩月

风高浪快,万里骑蟾背[1]。曾识姮娥[2]真体态,素面元无粉黛。

身游银阙珠宫[3]，俯看积气[4]濛濛。醉里偶摇桂树，人间唤作凉风。

【注释】

①“风高”二句：意思是骑在蟾背上飞行万里到月宫中。传说月中有蟾蜍，所以“蟾背”就暗指月亮了。

②姮娥：嫦娥。

③“银阙”“珠宫”：均指月宫。

④积气：古人认为天空是由一层气状物积聚而成的。《列子》中就说：“天，积气耳，亡(无)处亡气。”

【内容赏析】

此词是一篇不拘一格的、浪漫色彩浓厚的作品。作者以驰骋之笔，想象自己骑在蟾蜍背上，夜游月宫的奇妙经历。

他使用了“风高浪快”“俯看积气濛濛”等充满现实感的句子，奇特大胆的同时也充满了诗意，简直就是一部微型的“科幻小说”。结句“醉里偶摇桂树，人间唤作凉风”，更是以其夸张的表述让人忍俊不禁，不得不为词人的别出心裁叫好。

这首词通篇轻松愉快，虽也用典，却毫无斧凿之痕，全凭新意取胜。

# 张　炎

张炎(1248—1314后),字叔夏,号玉田,又号乐笑翁。先祖为凤翔(今陕西凤翔)人,寓居临安(今浙江杭州),系宋大将张俊六世孙,宋亡后,流落以终。为宋末词坛四大家之一,其词以婉丽为主要风格,重格律,善用典,雕刻文字,属周邦彦、姜白石一路。因其早期生活优裕,常以诗酒自娱,词作明畅婉转;经亡国之痛后,一变为幽怨悲楚。但文字较为刻意,意境则较单薄。所作《词源》,专门、系统地论述了词律及作法,是宋代词学的一部力作。词集有《山中白云》,又名《玉田词》。

## 高阳台

### 西湖春感

接叶巢莺[①],平波卷絮[②],断桥斜日归船。能几番游?看花又是明年。东风且伴蔷薇住,到蔷薇、春已堪怜。更凄然,万绿西泠[③],一抹荒烟。

当年燕子知何处?但苔深韦曲,草暗斜川[④]。见说新愁,如今也到鸥边[⑤]。无心再续笙歌梦[⑥],掩重门、浅醉闲眠。莫开帘,怕见飞花,怕听啼鹃[⑦]。

【注释】

①接叶巢莺：密密麻麻的叶丛里，莺儿正在筑巢歌唱。

②絮：柳絮。

③西泠：桥名，在西湖上。

④“但苔深”二句：韦曲、斜川皆地名。这是借名胜喻西湖风景。

⑤“见说”二句：原来无愁的水鸥，也被感染，有了愁绪。

⑥笙歌梦：指宋亡前的欢乐生活。

⑦啼鹃：即杜鹃之啼。

【内容赏析】

上片起首三句，写西湖春景，便可见玉田词中绵丽的一面。“能几番游”，问得突兀；“看花又是明年”，答得凄然，显露出了作者心底深藏的心事。“到蔷薇、春已堪怜”一句，构思精巧别致，只是情绪颇为低沉。而西湖美景，在词人看来，竟只能概括为“更凄然”，可见愁怨之深。

此词本为作者感怀身世之作，所以下片起首有“当年燕子知何处”一问，暗寓“人事非昨”之意。“见说新愁”两句，意思是水边的鸥鸟，如

今也染上了自己的“新愁”，这当然是想象之词，但潜台词也就为读者所明了了。后两句情绪甚为消沉，“怕见飞花，怕听啼鹃”两句，简直有女子之态，过于悲切。

## 解连环

孤雁

楚江空晚，怅离群万里，恍然[①]惊散。自顾影欲下寒塘，正沙净草枯、水平天远[②]。写不成书[③]，只寄得、相思一点。料因循误了，残毡拥雪，故人心眼[④]。

谁怜旅愁荏苒[⑤]？谩长门夜悄，锦筝弹怨[⑥]。想伴侣犹宿芦花，也曾念春前，去程应转。暮雨相呼，怕[⑦]蓦地、玉关[⑧]重见。未羞他、双燕归来，画帘半卷。

【注释】

①恍然：失意的样子。

②“正沙净”句：形容秋季的萧瑟景象。

③写不成书：指孤雁不能像雁群那样，排成“一”或“人”字。

④“料因循”三句：自己迟延自误，却对不起艰苦持节的故人。出自《汉书·苏武传》，此处以苏武被匈奴所扣时的遭遇比喻自己欲持节自守的艰难。

⑤荏苒：连续不断。

⑥“谩长门”二句：此处以冷宫之怨喻失伴之苦。锦筝：筝的美称。
⑦怕：这里是指重逢时又惊又喜的心情。
⑧玉关：玉门关。

**【内容赏析】**

张炎向以咏物词著称。从其所著《词源》中对咏物词的诸多评品语来看，他欣赏那种描摹生动而立意又不停滞于物的词作。如苏轼《水龙吟》之杨花词，姜白石《暗香》《疏影》之梅花词。而他这首《解连环》写秋季草枯天远的萧瑟景象，写孤雁失伴的彷徨心理，皆形象入微。而他更是以“孤雁”喻自己国亡后的沧桑、失落，以“残毡拥雪，故人心眼”来喻南宋遗民的持节守望，都是很浑然贴切的。而“暮雨相呼，怕蓦地玉关重见”“未羞他、双燕归来，画帘半卷”，也是很生动的句子，充满着希望，也充满着伤感。其中“写不成书，只寄得、相思一点”之语，更是倍受称赞，“人皆称之（张炎）曰张孤雁”（见孔行素《至正直记》）。

# 元好问

元好问（1190—1257），字裕之，号遗山，太原秀容（今山西省忻州）人。祖系乃出自北魏的拓跋氏。少年时就曾以诗名震京师。兴定五年进士。官至尚书左司员外郎。金亡不仕，以故国文献自任，以历代文献编之。所辑《中州集》《中州乐府》使许多的金人诗词得以保留下来。工诗文，是金、元之际的北国文坛宗主。诗风沉郁慷慨，并多为感伤时事之作，有如实录，人视以“诗史”。其《论诗》绝句三十首，在诗歌批评史上颇有地位。其词风格近诗，亦为当世所重。

## 迈陂塘[①]（一）

泰和五年乙丑岁，赴试并州，道逢捕雁者云：“今日获一雁，杀之矣。其脱网者，悲鸣不能去，竟自投于地而死。”予因买得之，葬之汾水之上，累石为识，号为雁丘[②]。时同行者多为赋诗，予亦有《雁丘词》。旧所作无宫商，今改定之。

**问世间、情是何物？直[③]教生死相许。天南地北双飞客，老翅几回寒暑。欢乐趣，离别苦，就中[④]更有痴儿女。君应有语，渺万里层云，千山暮雪，只影向谁去？**

**横汾路，寂寞当年箫鼓，荒烟依旧平楚[⑤]。《招魂》楚些何嗟及，《山鬼》暗啼风雨[⑥]。天也妒，未信与，莺儿燕子俱黄土。千秋万古，为留待骚人，狂歌痛饮，来访雁丘处。**

**【注释】**

①迈陂塘：即《摸鱼儿》。

②雁丘：在今山西阳曲县。

③直：竟。

④就中：在这当中。

⑤“横汾”三句：语出汉武帝《秋风辞》。平楚：平林，远树。

⑥“招魂”二句：《招魂》《山鬼》均《楚辞》篇名。楚些：即《楚辞》。

## 迈陂塘（二）

泰和中，大名民家小儿女，有以私情不如意赴水者，官为踪迹之，无见也。其后踏藕者得二尸水中，衣服仍可验。其事乃白。是岁此陂荷花开，无不并蒂者。沁水梁国用，时为录事判官，为李用章内翰言如此。此曲以乐府《双蕖怨》命篇。“咀五色之灵芝，香生九窍；咽三危之瑞露，春动七情”，韩偓《香奁集》中自叙语。

**问莲根、有丝多少，莲心知为谁苦？双**

花脉脉娇相向，只是旧家儿女。天已许，甚不教、白头生死鸳鸯浦①。夕阳无语。算谢客②烟中，湘妃③江上，未是断肠处。

香奁梦，好在灵芝瑞露。人间俯仰今古。海枯石烂情缘在，幽恨不埋黄土。相思树④，流年度，无端又被西风误。兰舟少住。怕载酒重来，红衣⑤半落，狼藉卧风雨。

【注释】

①鸳鸯浦：在湖南慈利县。此处是泛指湖泊。

②谢客：谢灵运字客儿。

③湘妃：指舜之二妃娥皇、女英。

④相思树：出自《搜神记》，是男女殉情，埋后所生。

⑤红衣：荷花。

【内容赏析】

这两首词词调名相同，立意亦相近。

前首写因见大雁殉情而感慨颇深，为之立“雁丘”，并由物及人，“问世间、情是何物？直教生死相许”，写尽天下的痴儿女。细读全词，气象阔大为皮，悱恻哀婉为骨，直可感天动地。

后首因小儿女殉情之事而有感而发，写他们化身为并蒂莲花，象征忠贞不渝的爱情，凄美异常，“问莲根、有丝多少，莲心知为谁苦”，亦是写情的绝美之笔。

故此二首词的起首两句，终成为长久流传之句。张叔夏《词源》云：“双莲、雁丘，妙在描写情态，立意高远。”

# 李之仪

李之仪（约 1035—1117），字端叔，号姑溪居士，沧州无棣（今属山东）人。神宗时进士。曾从苏轼于定州幕府。历任枢密院编修官。能诗文，且工词，尤以小令见长。其语明白清畅。有《姑溪居士文集》《姑溪词》。

## 卜算子

我住长江头，君住长江尾。日日思君不见君，共饮长江水。

此水几时休，此恨何时已[1]。只愿君心似我心，定不负相思意。

**【注释】**

①已：结束。

**【内容赏析】**

此词流传甚广，其艺术魅力在于以极平常的、民歌化的语言，描写缠绵热烈的情感，其音朗朗，其情昭昭，而以长江水比喻忠贞不渝爱情的奇妙设想，更是经典之笔。

# 范成大

范成大(1126—1193),字致能,号石湖居士,苏州吴县(今江苏苏州)人。绍兴年进士。官至参知政事。孝宗时出使金国,凛然不屈,几被杀。晚年退居故乡石湖,为南宋著名诗人之一。其诗题材广泛,多涉及社会生活。又工词,其词音节谐婉,文字精丽。著作甚丰。有《石湖居士诗集》《石湖词》等。

## 眼儿媚

萍乡道中乍晴,卧舆中,困甚,小憩柳塘。

酣酣[1]日脚[2]紫烟浮,妍暖[3]破轻裘。困人天色,醉人花气,午梦扶头[4]。

春慵恰似春塘水,一片縠纹愁。溶溶泄泄[5],东风无力,欲皱还休。

**【注释】**

①酣酣:暖意。

②日脚:云隙间透下的日光。

③妍暖:风和日暖。

④扶头:酒名。这里形容沉醉的样子。

⑤溶溶泄泄：荡漾的样子。

**【内容赏析】**

每逢春季来时，人的心情总会有莫名的怅困，这种难言的情绪在这篇词中得到了恰如其分的表达。尤其是下片的“春慵恰似春塘水，一片縠纹愁”，虽然化自南唐冯延巳的名句“风乍起，吹皱一池春水”，但显然更为柔美。而“东风无力，欲皱还休”，更是极新巧的词意，深得中国诗词的含蓄蕴藉之美。

故此词字句工巧精美，虽篇幅不长，然情韵不断。

# 陈　亮

陈亮（1143 — 1194），字同甫，学者称他为龙川先生，婺州永康（今属浙江）人。光宗绍熙四年进士。孝宗时因作《中兴五论》，力主抗金，多次下狱。光宗时授签书建府判官，未到任而卒。其人才气超迈，好谈兵。其政论纵横犀利。词作中的爱国内容也激越磅礴，豪放处与辛弃疾类似。但亦有一部分疏丽婉秀之作。著作有《龙川文集》《龙川词》。

## 水龙吟

春恨

闹红①深处层楼，画帘半卷东风软。春归翠陌，平莎茸嫩，垂杨金浅。迟日②催花，淡云阁雨[3]，轻寒轻暖。恨芳菲世界，游人未赏，都付与、莺和燕。

寂寞凭高念远，向南楼一声归雁。金钗斗草，青丝勒马，风流云散。罗绶[4]分香，翠绡封泪，几多幽怨？正销魂，又是疏烟淡月，子规[5]声断。

**【注释】**

①闹红：一本作"闹花"，指百花盛开。

②迟日：春天昼长，所以称为"迟日"。

③阁雨：雨停。阁：同"搁"。

④罗绶：即罗带。

⑤子规：就是杜鹃。

**【内容赏析】**

此词题为"春恨"，起首二句便写自己身在"画帘半卷"的"闹红深处层楼"之中，以下六句写烂漫宜人的春景，让人不禁生疑：并非春残，何来春恨？

就在此时，词笔一转，恨意突然排空而来："恨芳菲世界，游人未赏，都付与、莺和燕"。对于此三句，词评家中自有人能识得其字面背后之意，如刘熙载的《艺概》就说此三句"言近旨远，直有宗留守大呼渡河之意"。宗留守，指的是南宋初的爱国将领宗泽，他临危时念着杜甫的"出师未捷身先死，长使英雄泪满襟"，三呼"过河"而死。刘熙载这评语应该说是对的。词人恨的是锦绣河山落入敌寇之手，而此处的"莺与燕"，也特指那些导致宋亡的奸佞小人。

下片以“寂寞凭高念远”总领，“念”的是国破之前惬意和乐的生活，而这一切回忆，如今只能给人以“幽怨”“销魂”之感了。词人已从“垂杨金浅”的白日立到了“疏烟淡月”的凉夜，却“无人会、登临意”（辛弃疾《水龙吟》），只有杜鹃鸟一声声叫着“不如归去”。

这首词从大好春光写起，正是王夫之所言的“以乐景写哀，以哀景写乐，一倍增其哀乐”（《姜斋诗话》）之语。

## 虞美人

### 春愁

东风荡飏轻云缕，时送潇潇雨。水边台榭燕新归，一点香泥，湿带落花飞。

海棠糁[①]径铺香绣，依旧成春瘦。黄昏庭院柳啼鸦，记得那人，和月折梨花。

**【注释】**

①糁：散落之意。

**【内容赏析】**

这首词题为“春愁”，写雨潇花散时的惆怅之感。

词人以“春瘦”概括暮春之景，虽然明显是化自前人词句，但却非常简透。黄昏、花落、啼鸦之时，忽然人的眼前出现了一幅记忆深处的画面：那人在素月银辉之中，满树梨花之下，纤纤玉手，轻轻折下一枝如雪的梨花——“和月”二字，真让人有黯然销魂之感。

自此，“愁”之所在，洞然而出。

## 点绛唇

### 咏梅月

一夜相思，水边清浅横枝瘦[①]。小窗如昼，情共香俱透。

清入梦魂，千里人长久。君知否？雨僝云僽[②]，格调还依旧。

**【注释】**

①“水边”句：此句化自林逋《山园小梅》“疏影横斜水清浅”。

②“僝”“僽”：这里指折磨。

**【内容赏析】**

此词题为“咏梅月”，也就是咏月及月下之梅。梅、月向来被视为高洁之物，历代都有文人咏之，更不乏名作。但此小词虽然只有四十一字，却将梅、月之神韵表现得十分出色；更兼暗笔写人，写出了月下之人的“情”；而全词又隐喻了自己清介的“格调”，几个主题统一而环环相扣，都得到了很好的表现。从这点来说，此词是写得十分高明的。

首二句“一夜相思，水边清浅横枝瘦”写的是梅花。从词意上看，其实“水边清浅”点明了梅的生长之所，然后将之拟人化，说它是“一夜相思横枝瘦”，“相思”为因，“瘦”为果。而下句“小窗如昼”，则以俭省之笔写月色的明亮，也暗暗点出了窗内的未眠之人。而此时，其实词意已经明朗起来，“一夜相思”的，该正是这窗内的人儿。“情共香俱透”，既写了梅花香味的袭人，也写人相思之苦的彻骨。此时，梅香、月色和窗内的人儿紧紧地结合在了一起，并在一幅画面中淋漓尽致地展现在了读者眼前。

下片“清入梦魂”，“清”字既指月的“清辉”，又指梅之“清香”。而“千里人长久”一句，则明显化自苏轼咏月的名作《水调歌头》中的“但愿人长久，千里共婵娟”。所以既是写月，又表达了词人渴望彼此虽分隔“千里”却依旧“长久”的意思。“君知否”与前面的“千里人长久”相呼应。而末尾“雨僝云僽，格调还依旧”两句，则颇相似于词人之友陆游的那两句很有名的咏梅句子“零落成泥碾作尘，只有香如故”的味道，以遭受风雨摧残而格调（香）不改来写梅，其实也就是表明了词人本身的高洁。

这首词以简而有力之笔写梅、月神韵，并与“咏人”的主题高度、和谐地统一，蕴藉含蓄地表达了作者的思想和情趣，是一首成功的作品。

# 黄孝迈

黄孝迈，生卒年不详，字德夫，号雪舟，有《雪舟长短句》。刘克庄暮年曾为之作序，对他的词作大加赞赏。毛晋《芦川词跋》中评定其词曰："于悲愤中又有妩秀之致"，推崇不已。有《芦川词》。

## 湘春夜月

近清明，翠禽枝上消魂。可惜一片清歌，都付与黄昏。欲共柳花低诉，怕柳花轻薄，不解伤春。念楚乡[①]旅宿，柔情别绪，谁与温存？

空樽夜泣，青山不语，残照当门。翠玉楼[②]前，惟是有、一波湘水[③]，摇荡湘云。天长梦短，问甚时、重见桃根[④]？这次第，算人间没个并刀[⑤]，剪断心上愁痕。

【注释】

①楚乡：指江南一带。

②翠玉楼：指前文中的"梦乡旅宿"，用词藻加以装饰是为了获得更好的美感效果。

③湘水：在湖南。

④桃根：晋王献之妾名桃叶，其妹名桃根。这里借指所爱恋之人。

⑤并刀：并州所产的快剪刀。

**【内容赏析】**

此词名为“伤春”，实则深有寄托。

上片起首，用了拟人手法，说翠鸟的清歌得不到知音的共赏。“怕柳花轻薄，不解伤春”，又一次暗暗点到自己内心缺少知己的苦闷。“算人间没个并刀，剪断心上愁痕”，想象可谓大胆别致，用俗语化的语言，将原本无形的绵绵愁思，形象化地表现在了读者的面前。

# 高　鹗

高鹗(约1738—约1815),字兰墅,号研香,别署红楼外史,汉军镶黄旗人。祖籍辽宁铁岭,后徙北京。乾隆六十年(1795)进士,官至翰林院侍读。现在一般认为《红楼梦》一百二十回的后四十回为高鹗所续或整理,并对前八十回有所修改;对此,亦有其他说法。能诗词。有《高兰墅集》《月小山房遗稿》。又撰《吏治辑要》。词集名《砚香词》。

## 苏幕遮

送春

日烘晴,风弄晓,芍药荼醾[1],是处撄[2]怀抱。倦枕深杯消不了,人惜残春,我道春归好。

絮从抛,莺任老,拼作无情,不为多情恼[3]。日影渐斜人悄悄,凭暖栏杆,目断游丝袅。

**【注释】**

①荼醾:花名。

②撄:触动。

③“拼作”二句：苏轼《蝶恋花》有“多情反被无情恼”之语，此处反用。

**【内容赏析】**

此词题为“送春”。

词中“人惜残春，我道春归好”“拼作无情，不为多情恼”，语反意新，不落俗套。“絮从抛，莺任老”，看似随意，反而给人带来强烈的震撼。“日影渐斜人悄悄，凭暖栏杆，目断游丝袅”，似不经意间点出了词人的心声——其实仍不舍春的归去。

# 龚自珍

龚自珍（1792—1841），一名巩祚，字璱人，号定盦，浙江仁和（今浙江杭州）人。道光九年进士。官礼部主事。后辞官南归。卒于丹阳的云阳书院。自小便熟读经史，曾与林则徐等结成“宣南诗社”，以求经世之学。他主张改革以外御敌寇。其诗文多反映这种改良主义的理想，文辞瑰丽清奇，别开生面，颇有特色，对近代文学影响很大。著有《定盦全集》。

## 减字木兰花

偶检丛纸中，得花瓣一包，纸背细书辛幼安“更能消、几番风雨”一阕，乃是京师悯忠寺海棠花，戊辰暮春所戏为也，泫然得句。

人天无据，被侬留得香魂[1]住。如梦如烟，枝上花开又十年！

十年千里，风痕雨点斓斑里。莫怪怜他，身世依然是落花。

【注释】

①香魂：指落花。

【内容赏析】

此词感叹落花的飘零身世，“十年千里，风痕雨点斓斑里”，简直就是落花的知己。“莫怪怜他，身世依然是落花”，则委婉多情。

作者虽为男儿，一首小词却能写得如此情韵无限，让人赞赏不已。

# 王士禛

王士禛(1634—1711),字子真,一字贻上,号阮亭,别号渔洋山人,山东新城(今山东桓台)人。顺治十五年(1658)进士,官至刑部尚书。他是清初诗坛的领袖人物。其诗论推崇盛唐,自创“神韵说”,以“神韵”为诗的最高境界,其旨是讲究含蓄和清空。编有《唐贤三昧集》,以王维、孟浩然的作品为主。其诗最擅长七言绝句。词中最擅小令,风格凄清。著作有《带经堂全集》。词集有《衍波词》。

## 忆江南

歌起处，斜日半江红。柔绿篙添梅子雨，淡黄衫耐藕丝风[1]。家住五湖[2]东。

【注释】

①藕丝风：指风力纤弱如藕丝。

②五湖：指太湖。

【内容赏析】

此小词写梅雨时节的太湖美景，虽篇幅小巧，却颇有韵致。

“柔绿篙添梅子雨，淡黄衫耐藕丝风”一联，不仅造语清新，对仗工整，且绘景如画，“添”“耐”二字，深见功夫，使此联极耐吟味。

# 朱彝尊

朱彝尊(1629—1709),字锡鬯,号竹垞,又号金风亭长、小长芦钓鱼师,秀水(今浙江嘉兴)人。康熙十八年(1679),举博学鸿词科。授检讨,不久入直南书房。曾参与修《明史》。

## 桂殿秋

思往事,渡江干,青蛾低映越山看。共眠一舸听秋雨,小簟轻衾各自寒。

**【内容赏析】**

虽是小词,却清婉秀丽、音韵朗朗。“共眠一舸听秋雨,小簟轻衾各自寒”,情致清朗,颇有意味。

## 眼儿媚

那年私语小窗边,明月未曾圆。含羞几度[①],已抛人远,忽近人前。

**无情最是寒江水，催送渡头船。一声归去，临行又坐，乍起翻眠。**

**【注释】**

①几度：几次。

**【内容赏析】**

朱彝尊据说与其妻妹有一段颇为深刻的私情，其词中便有一部分传说是为此而写的情词，此便是其一。

词的文字清新淡雅。上片写女子热恋时的娇羞之态，下片描绘自己在分别之际的坐立难安。缠绵入里，颇为柔艳，细细体味，方觉遣词造句的锤炼之功。

# 顾贞观

顾贞观(1637—1714),字华峰,号梁汾,无锡(今江苏无锡)人。康熙五年(1666)举人,任秘书院典籍。后归乡,以读书终老。其词善白描,不喜雕琢及堆砌,自然而有味。著有《弹指词》等。

## 金缕曲[1]

季子[2]平安否?便归来,平生万事,那堪回首?行路悠悠谁慰藉[3]?母老家贫子幼。记不起、从前杯酒。魑魅[4]搏人应见惯,总输他覆雨翻云[5]手。冰与雪,周旋久[6]。

泪痕莫滴牛衣[7]透,数天涯、依然骨肉[8],几家能够?比似红颜多命薄,更不如今还有,只绝塞[9]、苦寒难受。廿载包胥承一诺[10],盼乌头马角[11]终相救。置此札,兄怀袖。

**【注释】**

①顺治十四年,吴兆骞参加江南乡试,并中举。后因"江南科场案"受牵连,连同父母兄弟妻儿皆流放宁古塔。顾贞观对于挚友的无辜被累十分悲痛,一直想方设法救他出来。然而,多年过去了,一切努力

始终无用。康熙十五年冬，他再次入京时，写了两首《金缕曲》寄给吴氏，其中设想朋友的艰难处境，并表达了自己对他的关切思念，感情十分真挚动人。后来被太傅之子纳兰容若见到，为他们的友情深深感动，终于答应救人。

②季子：指家中最小的孩子。

③慰藉：安慰。

④魑魅：传说中的山泽鬼怪。也用来比喻邪恶的人。

⑤覆雨翻云：形容人情反复无常。

⑥“冰与雪”二句：形容两人的感情纯洁。

⑦牛衣：亦称牛被，给牛御寒用的覆盖物。

⑧“数天涯”句：此乃劝慰之句，意思是说虽然被贬蛮荒之地，但仍一家团圆，还是很难得的。

⑨绝塞：极远的边塞，此处指宁古塔。

⑩“廿载包胥”句：此处用典。春秋时楚大夫申包胥与伍子胥为旧交，伍被迫离开楚国时，曾对申说将来一定会颠覆楚国，申就说：“那我一定会救楚国。”果然，后来吴国用伍子胥的计策攻破楚国，申包胥赶到秦国，在秦廷上哭了七天七夜，终于使秦国发兵救楚。这里是说自己一定会想办法救朋友回来。

⑪乌头马角：语出《史记·刺客列传》，后来用来比喻不可能的事。此句意思是即使困难重重，也会设法救人。

**【内容赏析】**

余秋雨曾有一篇《流放者的土地》，记叙的便是清初时一系列骇人听闻的文字冤狱，吴兆骞便是其中一例。他所流放的宁古塔（今黑龙江省宁安市），当时就是“地狱”般的地方，流放到那里的人很少有能活下来的。顾贞观为了将他救回来，费尽周折方求到纳兰处。但文字案都是钦定，要放一个流放者回来可以说是难于上青天，即使以纳兰的身份，也不能答应。但是当他看到顾思念吴而作的两首《金缕曲》时，被这种人间剔透的友情所感动，当时声泪俱下，终于和顾以五年为期，答应救人。经过了很多人的长久努力，终于将吴赎回，这在当时，可以说是一个奇迹了。

今天，当我们欣赏这首词时，它所包容的人间至情仍在久久打动着我们，使词有了远比字面更动人的情感力量。

# 纳兰性德

纳兰性德(1655—1685),原名成德,字容若,号楞伽山人,为当朝大学士纳兰明珠之长子。康熙十五年(1676)进士,官一等侍卫。善骑射。又善词,尤长于小令,风格清淡质朴,多写个人感伤情绪,间有雄浑之作。后人对其词评价颇高。王国维《人间词话》中说:"以自然之眼观物,以自然之舌言情""北宋以来,一人而已"。主张作诗须有才学,填词须有比兴,反对模仿。有《通志堂集》《纳兰词》。

## 长相思

山一程,水一程,身向榆关[1]那畔行,夜深千帐灯[2]。

风一更,雪一更,聒[3]碎乡心梦不成,故园无此声。

**【注释】**

①榆关:即山海关。

②千帐灯:形容军营之多。

③聒:喧嚷。此处指风雪声。

**【内容赏析】**

历来词评家都以为这首小词是康熙年间纳兰随康熙至关外时，途中见北国风光时所作。全词写景抒情融于一体，清畅自然。

## 蝶恋花

辛苦最怜天上月，一昔如环，昔昔都成玦[①]。若似月轮终皎洁，不辞冰雪为卿热。

无奈尘缘容易绝，燕子依然，软踏帘钩说[②]。唱罢秋坟愁未歇，春丛认取双栖蝶。

**【注释】**

①玦：圆形的带有缺口的玉，这里是用来形容月的形状。

②说：同“悦”。

**【内容赏析】**

纳兰虽为贵族子弟，却绝非一般的纨绔公子。他不仅在文字上有着出色的天赋，更是一个专挚于情、内心极其敏感丰富的人。他性格中纯真和性灵的一面，在其词，尤其是小令中得到了明显的体现。

如这首悼念亡妻的《蝶恋花》，便是以自然平易的语言写自己体味的真情实感，动人之处，全在于情感的真挚与深沉。这与那些以刻画文字、堆实典故和讲究音律为特色的文人词是大不相同的。而王国维等人对他的评价之高，也正基于此。

# 张惠言

张惠言(1761—1802),字皋文,号茗柯,武进(今江苏常州)人。嘉庆四年(1799)进士,官至翰林院编修。精通《周易》《仪礼》。他工散文,和恽敬同为阳湖派散文的领袖人物。其词沉郁而隐晦,为常州词派的创始人。论词强调比兴。辑有《词选》,对常州词派的形成和清词的风格变化颇有影响。有《茗柯文集》和《茗柯词》。

## 木兰花慢

### 杨花

尽[1]飘零尽了,何人解[2]、当花看?正风避重帘,雨回深幕,云护轻幡。寻他一春伴侣,只断红[3]相识夕阳间。未忍无声委地,将低重又飞还。

疏狂情性，算凄凉耐得到春阑[4]。便月地和梅，花天伴雪，合称清寒。收得十分春恨，做一天愁影、绕云山。看取青青池畔，泪痕点点凝斑。

【注释】

①尽：任凭。

②解：了解。

③断红：指落花。

④阑：阑珊，尽。

【内容赏析】

此词用拟人手法，摹写杨花情态，韵致委婉细腻。“未忍无声委地，将低重又飞还”，形象入微。虽名为咏物词，其实仍是借咏物抒怀，寄托自己的身世之感。“疏狂情性，算凄凉耐得到春阑”，自抒胸臆，仿如一声慨然长叹；而“便月地和梅，花天伴雪，合称清寒”，又可见骨子里的清傲之气。但全词又与咏杨花的词之本意相贴合，是一首精工之词。若与苏轼那首著名的《水龙吟》比较，则张词凄沉的风格就十分明显了。

# 王国维

王国维(1877—1927),字静安,一字伯隅,号观堂,浙江海宁人。清秀才。大学者,对词曲、《红楼梦》、经史、文字学、音韵学造诣皆深。早年研究哲学、文学,很受德国唯心主义哲学和资产阶级文艺思想的影响。著有《静安文集》。1907年起,任学部图书局编辑,着手研究中国戏曲史和词曲,重视小说、戏曲在文学上的地位,开创了研究戏曲史的风气,著有《曲录》《宋元戏曲考》《人间词话》等,倡境界之说,影响颇大。辛亥革命后留学日本。1913年起致力于甲骨文、金文和汉晋简牍的考释,主张以地下史料参订文献史料,对史学界影响较深。1925年任清华研究所教授。后自沉于北京颐和园昆明湖。生平著作六十二种,部分收入《海宁王静安先生遗书》和《观堂集林》。词尤擅婉约小令,有集《人间词》。

## 点绛唇

厚地高天,侧身颇觉平生左。小斋如舸,自许回旋可。

聊复浮生[①],得此须臾[②]我。乾坤大,霜林独坐,红叶纷纷堕。

**【注释】**

①浮生:老庄谓人生虚浮无定。后便称人生为浮生。

②须臾:片刻。

**【内容赏析】**

这首《点绛唇》,不同于一般所见的婉约词作,是一首较为个性化的学者词,记录的是词人独特的生活态度。

此词用了一些道家用语,而全词的主旨亦是在说人世之中,如何独得“逍遥”,即个人自由,亦与老庄思想相似。

“聊复浮生,得此须臾我”,意喻颇深,隐含了作者与世无争的态度;后句更有着超脱世俗的达观。“乾坤大,霜林独坐,红叶纷纷堕”三句,意象非凡,格调超俊。

写出如此之词的人,胸襟不可谓不大,但他的结局又不能不让人扼腕。